大學文學遨遊

僑光科技大學國文編輯委員會　編著

■ 國家圖書館出版品預行編目（CIP）資料

大學文學遨遊 / 僑光科技大學國文編輯委員會編著.
-- 初版. -- 高雄市：麗文文化, 2017.09
　　面；　　公分
　　ISBN 978-957-748-918-0（平裝）

　1.國文科　2.讀本

836　　　　　　　　　　　　106000316

大學文學遨遊

初版一刷・2017年9月　初版三刷・2019年3月

編著	僑光科技大學國文編輯委員會
責任編輯	邱仕弘
發行人	楊敏華
出版者	僑光科技大學通識教育中心
地址	台中市西屯區僑光路 100 號
電話	04-2701-6855轉2182
合作出版者	麗文文化事業股份有限公司
地址	80252高雄市苓雅區五福一路57號2樓之2
電話	07-2265267
傳真	07-2264697
網址	www.liwen.com.tw
電子信箱	liwen@liwen.com.tw
劃撥帳號	41423894
購書專線	07-2265267轉236

行政院新聞局出版事業登記證局版台業字第5692號

ISBN 978-957-748-918-0（平裝）

定價：300元

目次

序

　　大一國文教本再一次改版了！或許有人會問：《大學文學漫步》才使用三年，爲何要重新編撰國文教材？這是因爲隨著本校學院系所的發展及教學的需求，教材的內容，當然也要與時俱變。古人曾說：「時移而事異，事異而備變」，如果一本國文教材不能隨著環境的改變而有所調整，那這本教材不僅引不起學者學習的興趣，也容易造成教者在教學上的怠惰。因此，當一位教者在課堂上，告訴學者要不斷地追求新知、新觀念，使用的卻是無法跟上時代腳步的教材，教者的教學無法達到教學的目的，學者當然也會摒棄對這一學科的重視。

　　職是之故，國文新教本，就以本校商管、設資、觀餐三個學院教學目標爲基底，兼顧通識教育中最重要的自然、人文、社會教育主軸，在不失展現國文教學的特色之下，規劃了「飲食男女」、「美學素養」、「生命情懷」、「山水之美」、「人物風采」、「人我之際」、「古代智慧」及培養基礎寫作的「應用文：閱讀與寫作」八單元。

　　通識教育的目標強調的是「博」、「雅」，「博」是要學者在專業知識領域外，兼及其他學科領域的知識，「雅」則是藉由獲得正確新知，提升個人的內涵、氣度，「博」、「雅」教育是二而爲一，非各自發展。因此，在討論編撰大綱時，即針對本校各院系學者共同所需具備通才知識的基礎，而有八大領域的規劃。其目的在藉由八方向的選篇（點），延伸閱讀的作品（線），能達到博雅教

育全面發展的目的。

　　本書儘量以簡單、易懂、又富含深層思考性作為選文標準，期使學者在課堂籍由教者的講授，教、學的討論，延伸學者學習的興趣，達到學習的效果。正因為知識的獲得是一種漸進式學習，為讓學者能從容不迫遨遊其中，故命名為《大學文學遨遊》，使學者在與文學作品的接觸之餘，受到薰染，進而成為兼具專業與通識的知識兼才。

　　　　　　　　僑光科技大學　通識教育中心　國文編輯委員會
　　　　　　　　中華民國一〇六年五月七日

飲食男女

從昏禮到婚禮──
《禮記·昏義》節錄

作者

　　《禮記》一書的作者，經中國歷代經學家考證，應是由孔子門下弟子及漢代儒者所作。《禮記》書內能指出各篇作者的，有子思的〈中庸〉、公孫尼子〈緇衣〉、曾子〈大學〉、呂不韋門人〈月令〉、漢代博士〈王制〉，及可能是荀子或漢武帝時毛萇所作的〈樂記〉，其餘則不能知作者之名，但應是戰國至漢初儒家學者所作。

　　所謂「記」，是解釋經書的記錄。《禮記》是一部蒐集資料後編輯而成的書，它應當是孔子的弟子，聽孔子講授有關禮的學問後，所作成的筆記；或是比孔子弟子更晚時期的儒者，將有關禮的論述或制度，收集而成的一本著述。最晚應該在漢武帝前就已成書。

題解

　　士昏禮是古代士人娶妻的結婚之禮。古代以昏時娶妻，故名之為昏禮。東漢經學家鄭玄認為昏時娶妻，「日入三商為昏。」是說日入之後，計量約三刻（三刻的時間，歷代計量方式不同，大概不出今 40-50 分鐘）的時間為昏，昏時有陽往陰來的意義，陽往陰來，具男前往迎娶，女嫁入夫家的意義。後人昏禮時間不定，又為表示它也是女子之大事，故加上「女」字旁。人類早期有所謂的搶婚制，娶最早也用「取」字，搶人自然在黃昏最為適宜，所以它的時刻選在「昏」時。婚禮制度的完成，象徵人類文明的進步，也彰顯婚禮的意義及其重要性。

　　昏禮的意義，時至今日，雖因年代久遠，現在也無古代士大夫階級意識的存在，但今臺灣民間結婚習俗，大致上仍不脫離古婚禮的儀式，追其本，溯其源，更彌足珍貴。

本文　　　　　　　　　　　　　　　　　　　《禮記·昏義》節錄

　　昏禮者，將合二姓之好，上以事宗廟，而下以繼後世也，故君子重之。是以昏禮納采[1]，問名[2]，納吉[3]，納徵[4]，請期[5]，皆主人筵几於廟，而拜迎於門外，入，揖讓而升，聽命於廟，所以敬慎重正昏禮也[6]。

---

[1] 男方備禮，由使者攜帶禮品前往女方家求婚，女方接受禮品，稱之爲納采。此使者今又稱爲媒人，媒介之人；《禮記·曲禮》：「男女非有行媒，不相知名。」這是指未婚男、女間要由媒人傳遞婚事訊息，沒有媒人，男女不可透露名字使對方知道。

[2] 男方再請使者前往女方家，問女方的名字，將其攜回請教卜者，是謂之爲問名。周朝時期，是否有問女方出生年月日時辰？現在已無法考證。另外，上述兩禮也有可能會同時舉行。

[3] 所卜若是吉卦，男方將其結果再請使者告訴女方，此爲納吉。若男方所卜爲不吉，則女方得知訊息後，需將禮品由使者送回男方家。

[4] 女方接受男方使者送來的聘禮，表示婚事已成。周朝時，根據爵位的差異，所送聘禮也有不同，大約不外是緇、帛、纁、玉璋、圭玉等。一說納徵所送爲「幣」，以青銅鑄造。

[5] 男方將婚期請使者告訴女方，表示與女方商量之意，實際上，此事都由男方決定。納采、納吉、請期，使者都會攜帶雁，用以顯示言而有信及對此事的慎重。雁也作鴈，是信鳥，古人用之，象徵言而有信。

[6] 以上諸事在進行時，女方主人都得設宴席於宗廟中，到宗廟門口迎接使者，使者進門後，互相拱手作揖，登上廳堂之後，聆聽使者傳達的訊息，這是表達對婚禮這件事的莊嚴性的一種恭敬、慎重之意。

　　父親醮子[7]，而命之迎，男先於女也。子承命以迎，主人筵几於廟，而拜迎于門外。婿執雁入揖讓升堂，再拜奠雁，蓋親受之於父母也。降，出御婦車，而婿授綏[8]，御輪三周，先俟於門外[9]，婦至，婿揖婦以入，共牢而食[10]，合卺而酳，所以合體同尊卑以親之也[11]。

　　敬慎重正而后親之，禮之大體，而所以成男女之別，而立夫婦之義也[12]。男女有別，而后夫婦有義；夫婦有義，而后父子有親；父子有親，而后君臣有正。故曰：「昏禮者，禮之本也[13]。」

7　東漢的鄭玄說：「酌而無酬酢曰醮。」醮，音ㄐㄧㄠˋ，意思是主方向客方敬酒，而客方不需要回敬。昏禮儀式進行當日，兒子最為重要，因此，在宗廟前，父親向兒子舉酒祝福，且交待兒子前去迎娶新婦這件大事。當然，這也有薪火相傳的用意。

8　駕車的繩索，是指由夫婿手執車繩而爬上車子後，再將車繩交給新婦以抓緊上車的意思。

9　由夫婿駕車，車輪繞過三周後，即交給車夫。夫婿自行乘車為先導，後在自家門前等候迎接新婦。

10　夫婿向新婦作揖後，兩人進入夫婿的寢室。兩人共食一牲牢。鄭玄在《詩・小雅・瓠葉序》：「上棄禮而不能行，雖有牲牢饔餼，不肯用也。」箋：「牛、羊、豕為牲，繫養者曰牢。」也就是說被圈養在柵欄內的牛羊豕牲畜，就稱之為牢。

11　夫婿及新婦共同合飲一瓢酒。卺，音ㄐㄧㄣˇ，以一瓠剖成兩瓢。酳，音ㄧㄣˋ，飲的意思。這一儀式在於表示夫婦自此之後，乃共為一體，等同尊卑。

12　經過莊嚴、慎重的婚禮儀式之後，男女雙方才結為夫婦，婚禮大致上的架構是如此，也因為如此，才能顯見男女之別，體現夫婦之義。

13　婚禮是所有成人禮當中最根本的。《左傳・僖公三年》：「同姓而婚，其生不蕃。」婚禮的目的在於使得關係疏遠的可以結為親家，又為區隔血脈傳遞的差別，嚴禁同姓結婚。《禮記・郊特牲》：「夫昏禮，萬世之始也。」意即婚禮具有傳遞家業，永續不斷的意義。

　　夫禮始於冠[14]，本於昏[15]，重於喪祭[16]，尊於朝聘[17]，和於鄉射[18]，此禮之大體也。

　　夙興，婦沐浴以俟見[19]。質明，贊見婦於舅姑[20]，婦執笲、棗、栗、段脩以見[21]，贊醴婦[22]，婦祭脯醢[23]，祭醴，成婦禮也。舅姑入室[24]，婦以特豚饋[25]，明婦順也。厥明，舅姑共饗婦以一獻之禮，奠

---

[14] 古人重視孝弟忠順，也就是做人要能孝從父母、友愛兄弟、忠誠於君、順服長輩，能做人才能治人。這是要求一個人作為一個大人（成人），所應具備的條件，因此，古人重視一個人的成人禮。《禮記·郊特牲》：「故日：冠者，禮之始也，嘉事之重者也。」

[15] 意指婚禮為成家立業之本。

[16] 重視喪禮及祭禮，喪禮指人死、斂、殯之禮；祭禮則含祭天、祭地、祭神、祭鬼之禮。

[17] 朝聘禮，意指國君派遣使者在邊境以禮接待外國使者，後又在宗廟接見使者，使者以禮物贈與該國國君，並傳達本國國君的心意，此乃表示彼此尊敬對方之道理。

[18] 在周代時期，射箭是男子須具備的一種才藝，而射箭時，又以禮來規範儀式的進行，因此，天子不僅以射箭來考核諸侯、卿大夫的才藝，並藉以考察諸侯、卿大夫的德行及行為。鄉飲酒禮，是鄉人聚會時的飲酒之禮，周代諸侯舉行射禮之前，一定先設宴招待大夫；大夫舉行鄉射之前，會先舉行鄉飲酒禮，其目的都是在透過君子之爭的禮儀，教養尊卑長幼孝弟的德行、和睦彼此間的情誼。

[19] 清晨，新婦要沐浴更衣後，梳妝打扮以等待拜見公婆。俟，等待之意。

[20] 質，天亮時分。贊，協助行禮的人，類似現在主掌典禮進行的司儀。

[21] 笲，音ㄈㄢˊ，一種似筥（ㄐㄩˇ）形的竹器，上覆青繒布以盛放棗、栗，這是見公公的禮物；段脩（亦作腶脩），乃長形的（牛、羊）肉條，經捶打之後，加薑桂等香料風乾，這是見婆婆的禮物。

[22] 醴，甜酒。指協助行禮的人代公婆以甜酒回贈新婦，作為答謝新婦的見面禮。另有一說，醴，禮也，意指協助行禮的人代公婆回禮。

[23] 新婦再以肉乾祭地，這才算是完成新婦與公婆之間的見面禮。

[24] 是指儀式結束後，公婆回到寢室內。

[25] 新婦進房奉上一隻小豬，表示對公婆孝順之意。

酬[26]，舅姑先降自西階，婦降自阼階，以著代也[27]。

　　成婦禮，明婦順，又申之以著代，所以重責婦順焉也。婦順者，順於舅姑[28]，和於室人[29]，而后當於夫[30]，以成絲麻布帛之事[31]，以審守委積蓋藏[32]。是故婦順備而后內和理，內和理而后家可長久也，故聖王重之[33]。

　　是以古者婦人先嫁三月，祖廟未毀，教於公宮[34]，祖廟既毀，教于宗室[35]，教以婦德、婦言、婦容、婦功[36]。教成祭之，牲用魚，芼之以蘋藻，所以成婦順也[37]。

---

[26] 第二天早上，公婆以「一獻之禮」賜酒給新婦，新婦回敬公婆一爵酒，公婆接受爵酒之後，不必喝，將它放置在桌上即可。所謂「一獻之禮」，是說由主人斟酒入爵後送給客人，這稱之爲獻；而客人喝完酒後，洗爵，再酌酒後，回敬給主人，稱之爲酢；主人喝完酒後，再洗爵，主人再次斟酒入爵，先舉爵飲酒而後勸賓客飲，此稱爲酬，這一飲酒的程序，統稱之爲「一獻之禮」。但這一段記載，明顯與《禮記‧郊特牲》的記載有所不同；新婦在以自己烹煮的豚肉進獻給公婆，公婆食用完後，把剩餘肉餚賜給新婦，表示對新婦的寵愛（此段請參考延伸閱讀的附文）。

[27] 儀式完成之後，公婆先由廳堂西邊階梯走下，新婦由東邊階梯走下，表示自此之後，新婦已可以接替婆婆當家作主了。

[28] 一位新婦的孝順，指的就是順從公婆的意見。

[29] 新婦不僅要孝順公婆，也要與家中其他女眷和睦相處。

[30] 新婦能使得家中長輩、晚輩能和睦相處而無爭執，才能值配其丈夫。當，稱也，適合、匹配的意思。

[31] 指能處理家中營生或日常生活所需的織布之事。

[32] 意謂能謹慎地保守家中的財物。委積，積指蒭（馬飼料）、米、荣、薪之類，委積即在平常生活中，儲存這些必需品。又古代朝廷內廷設有「左藏」，以收納天下各地進貢的財物，此處亦可引伸作儲糧之意。

[33] 因爲新婦的孝順是一家之興的基礎，因此，自古以來，嫁娶之事，就爲帝王所重視。

[34] 女子出嫁前三個月，宗廟未遷移，就在嫡長子的宗廟接受如何作爲一位新婦的教育。

[35] 如果宗廟已經遷移，就改在嫡子的宗廟接受教育。

[36] 新婦所接受的教育是如何具備新婦該有的貞德、應對的言語、適度地打扮自己的容顏、操持家事等等。此一說法，即是後人謂婦人所應具備的四德。

[37] 學成以後，要準備魚代替牲禮，及用蘋荣、藻荣作的羹湯，祭告祖先。其原因乃是因爲這些物品有陰柔之意，象徵新婦順從的美德。

1.《禮記・郊特牲》

　　天地合而后萬物興焉。夫昏禮，萬世之始也。取於異姓，所以附遠厚別也。幣必誠，辭無不腆。告之以直信，信，事人也；信，婦德也。壹與之齊，終身不改。故夫死不嫁。男子親迎，男先於女，剛柔之義也。天先乎地，君先乎臣，其義一也。執摯以相見，敬章別也。男女有別，然後父子親。父子親，然後義生。義生，然後禮作。禮作，然後萬物安。無別無義，禽獸之道也。婿親御授綏，親之也。親之也者，親之也。敬而親之，先王之所以得天下也。出乎大門而先，男帥女，女從男，夫婦之義由此始也。婦人，從人者也：幼從父兄，嫁從夫，夫死從子。夫也者，夫也。夫也者，以知帥人者也。玄冕齋戒，鬼神陰陽也。將以為社稷主，為先祖後，而可以不致敬乎？共牢而食，同尊卑也。故婦人無爵，從夫之爵，坐以夫之齒。器用陶匏，尚禮然也。三王作牢用陶匏。厥明，婦盥饋；舅姑卒食，婦餕餘，私之也。舅姑降自西階，婦降自阼階，授之室也。昏禮不用樂，幽陰之義也。樂，陽氣也。昏禮不賀，人之序也。

2.〔日〕佐倉孫三著、林美容譯，《白話圖說臺風雜記：臺日風俗一百年》（臺北：台灣書房，2007）

婚儀

　　臺地行婚有六禮：曰問名、曰訂盟、曰納采、曰納幣、曰請期、曰親迎，是定法也。令人不全行，唯行其首尾而已。男子至弱冠，欲娶新婦，以女生庚帖呈出椿萱，使冰人卜其命宮貴賤、吉凶及桂子蘭孫等。既訂盟、納采，終則納金於筐中，飾以錦繡贈新婦家；其價，大抵自四、五百金至二、三百金。又盛豬、羊、鱧魚、海參、麵線、冬瓜栳、紹興酒等於籠中，前後二人扛之，以為納幣。新婦凝粉黛，施綾羅，乘

簥輿，冰人及鼓吹引道之，女亦乘簥隨之。簥輿、其他物具，用赤布纏之。而新婦之家，父母、親族薦祝祖宗神明。後烹煎，延親族讌饗，鳴鑼放炮。挑燈用八音，以祈伉儷千秋云。

評曰：日東婚儀與臺地無大差。唯昔時士人贈遺多用刀劍，不用金錢。故及舉婚儀，用時服及器具，不贈金錢。且如納金多少娶妻，最其所恥；此一事與臺地相反。是以男權常尊，而女權常卑；其弊動輒無故破盟逐婦者，往往有焉。至近時人智開發，重人權，弊風漸改矣。

【譯文】

臺灣人舉行婚禮要遵守「六禮」，就是問名、訂盟[i]、納采、納幣、請期、親迎[ii]，這是自古以來的禮俗。但是現在的人已沒有完全遵守古禮，大概只有頭（問名）、尾（親迎）兩項做到而已。男孩子長大到了二十歲以後，要結婚時，媒人會把女孩子的生辰八字，送給男方父母，請人卜算她的命宮貴賤、吉凶禍福，以及生育子女種種事情。如果合適的話，就可以「訂盟」由男方送聘金、聘禮給女方，稱為「納采」。聘金的金額多的有四、五百金，少的也有二、三百金，放在裝飾有錦鍛繡布的籃框裡，送給女方。聘禮則包括豬肉、羊肉、鱸魚、海參、麵線、冬瓜糖、紹興酒等，用檻籃裝著[iii]，由兩個一前一後扛著送到女方家，這就是「內幣」。婚禮之日，新娘子抹胭脂、畫眉毛，打扮著濃粧，穿戴好禮服，坐上轎子。媒人[iv]和鼓吹在前引導，新娘轎跟隨其後，轎子和所有

---

[i] 訂盟：即「送定」，是婚姻談妥之後，由男方首次給女方送聘金的儀式，等於現在的訂婚典禮（鈴木清一郎，1989：177）。

[ii] 親迎：即謂新郎親自前往女家迎娶新婦，或稱迎娶。舊時上中之家行親迎，為中下之家多略之，僅由媒人代往迎娶（吳瀛濤，1987：129）。

[iii] 現也作「盛籃」，竹編制而成，再塗上漆繪，可用來盛放昏禮用物、祭物或雜物。早期客家人的割稻飯，也是放置在「盛籃」裡。

[iv] 原文為冰人。《晉書・藝術傳》索紞：「孝廉令狐策夢立冰上，與冰下人語。」紞曰：「冰上為陽，冰下為陰；陰陽事也。士如歸妻，迨冰未泮，婚姻事也。君在冰上與泳下人語，為陽語陰，媒介事也……。」後人便把媒人叫做冰人。

禮品、用具都要纏上紅布，表示喜氣。新娘到了男方家，男方父母率同宗親族人要祭拜祖先神明，敬告喜事，然後備辦酒席宴請賓客，還要敲鑼、鳴放鞭炮，並且通宵演奏八音，為這對新人祈求長命百歲，白頭偕老。

　　評曰：日本人結婚的風俗和臺灣沒有太大的差異，只是以前的武士都用刀劍作為互相餽贈之禮，而不是用金錢，因此在舉行婚禮時，也是贈送衣服、器具，而不是贈送金錢。如果有人討論花多少錢娶老婆，會被認為是最最可恥之事，這是和臺灣習俗相反的。因此之故，日本的男性很有權威，女權卻很低落，所衍生的弊病就是：丈夫往往可以無緣無故、隨隨便便就不遵守婚姻的約定，把太太趕出家門的事，時有所聞。所幸近來民眾的知識漸開，比較懂得尊重人權，這種不良的風氣逐漸有所改進。

◎譯者的話

　　臺灣婚禮的排場很大，而且注意力都在新娘子上頭，女性的價值其實很高，主要是重視生育，如費孝通所言，一種生育社會之故。

主題延伸學習單

〈課文單元—《禮記·昏義》節錄〉

班 級		姓 名		學 號		評分	

題目：請就你週遭曾參與過或聽聞過的臺灣地方婚俗禮典，撰寫一份調查報告，並附上一張相關圖（照）片。

調查報告	
圖片（照片）	

第四段航程：水餃大航海時代來臨

簡媜

作者

　　簡媜，宜蘭人，臺大中文系畢業。曾任職《聯合文學》雜誌編輯、遠流出版公司大眾讀物叢書副總編輯、實學社編輯總監，現專職寫作。在大學就讀期間，已屢獲多項文學獎，後又得梁實秋文學獎、吳魯芹散文獎、中國時報散文獎首獎等肯定。多年來的專著有《老師的十二樣見面禮》、《水問》、《只緣身在此山中》、《月娘照眠床》、《浮在空中的魚群》、《密密語》、《空靈》、《私房書》、《下午茶》、《夢遊書》、《胭脂盆地》、《女兒紅》、《紅嬰仔》、《天涯海角──福爾摩沙抒情誌》、《好一座浮島》、《微暈的樹林》等，其他與人合著亦不少。

　　國立東華大學「臺灣 e 散文」介紹臺灣當代作家，評論簡媜之文學風格：「簡媜創作文類以散文為主。她是個『詩智』重於『理智』的創作者，所有的素材在她筆下，經過篩選、重組，產生新的藝術肌理。寫作內容包括『從議論到敘事』、『從靜態到動態』、『從舒緩到緊密』，說明簡媜風格的多變，主題有懷鄉情調、社會關懷、都市情調、社會批判等等，小說式的敘述、詩般的語言，善於以『人』為對象，作為出發點。透過作者細膩的筆法，加以獨特的視野及視角，無論在個人內心、市景風貌、鄉土情懷等的描寫上，均能呈現動人的文學魅力。她的散文語言常借自於古詩詞，藉古人的意象營造來映照心界的感悟，文字嫵媚機靈，意象新穎貼切，句法流動鮮活，為臺灣風格獨見且具重要影響力的散文作家。」對簡媜寫作之才華極為推崇，也是簡媜在當今文藝界受到歡迎的原因。

題解

　　本文選自簡媜主編《吃朋友》一書，本書編寫的目的，據簡媜的〈總策畫序〉所言：「有一天，我忽發奇想，既然每個人皆有所謂『性格』，是否也可套用『飲食性格』加以指稱其飲食習性，而一個人的『飲食性格』從何時開始形塑，被誰塑造？由此提問，自然朝形上層次搜索，換言之，除了生理過敏反應、顧及健康因素而被排除的食物之外，每個人心中都有一部精彩的食物版《史記》，勝敗興衰、愛恨情愁，必呼應其童年成長與深刻的人生體驗。」這段對食物習性探討的話，發人深省。

　　本書內容包含了八場盛宴，簡媜與數位朋友各自列出生命記憶中深刻並極具意義的菜單，由黃姐（黃照美）主廚，書中記錄了每位朋友各以自己飲食習性與生命連結的故事，自述個人內心深處不為人知的記憶，透過這些娓娓道來的故事，聽者無不從中體會到生命的真諦。簡媜說：「一個人，若認真走過一條路，即使路況泥濘不堪，也會在腳印凹痕處長出奇異花草，散發不可思議的能量，鼓舞著同樣必須走這條路的陌生人。」從食物習性進而深省生命存在的意義，正是本書書寫的目的。

　　本文錄自書中〈第七宴　我那粗勇婢女的四段航程——散文家簡媜的故事〉的「第四段航程：水餃大航海時代來臨」，簡媜自述的第四部分，藉由「水餃」，串起所謂外省人、本省人兩方面在食物的連結，告訴讀者：食，性也。由於食物，人與人之間是沒有任何隔閡的，且可能因為食物，使得人與人的關係由疏遠而更緊密。食物之功能，大矣哉。

本文　　　　　　　　　　　　第四段航程：水餃大航海時代來臨

　　年輕時，我不喜歡刀削麵（有的削得像少女的舌頭），也不喜歡水餃。但今天這桌看得出來，水餃勢力壓過每道菜，完成主題，宣示個人的大航海時代來臨[1]：建立殖民地，完完整整地統治兩個百姓，也被兩個百姓統治。

　　水餃，象徵我的婚姻，以及我對族群融合的具體貢獻。

　　一九九五夏日，好友L打電話邀我到一家時尚餐廳吃晚飯。我先到，餐廳客滿且他沒事先訂位。我站在騎樓下心裡悶悶地，心想五分鐘內若看不到那混球，老娘要閃了。不久，他與另一位陌生男士匆匆出現，原來今晚是三個人吃飯。問題是，去哪兒吃呀？他說，對面有家老什麼興，吃牛肉餡餅、水餃、蒸餃可以吧！那位陌生男士點頭如搗蒜，好呀！好呀！

　　「不好，我今天碰到一篇爛長篇小說改得很累很累，不要吃水餃也不想吃餡餅，我要吃炒米粉！」當我這麼想的時候，我已經垮著臉[2]坐在大圓桌前，被兩個有學問的外省第二代男生夾在中間，而且蒸餃、牛肉餡餅也送來了。

　　他們吃得盡興聊得開心，哈哈地。我生著悶氣低頭努力用牙齒分解帶筋牛肉，猶豫要不要把這坨「橡皮筋」吞下去還是當著兩個博士的面把它吐出來。我太專心處理這種不重要的飲食情緒，以致沒留神命運之手是如何逼近我背後貼上「喜」字的？總

---

[1] 大航海時代，一說十五、六世紀時期，歐洲船艦經由海洋交通，將歐洲、非洲、美洲及亞洲區域連接一起；同樣地，在中國元、明朝，也有船隻進入今東南亞地區。大航海時代的影響在於串聯經濟、交通及人口移居等方面的匯流。本文作者乃藉此為喻個人與臺菜、大陸各省菜色的關聯。

[2] 意指表情嚴肅、心情沉重，似對某狀況感到厭煩。

之，三個月後，我跟那位愛吃水餃的陌生男士結婚了。

我航進一個道地的、說家鄉話的江蘇家庭。忽然，烤麩[3]、水餃、蛋餃、麵條、寧波年糕這些對我而言沒什麼親情的食物圍上來了。

婆婆親自擀麵皮包水餃，一袋袋藏入我的冰箱，解決我育嬰、趕稿時期的忙亂。奇怪，這「小包包」不難吃呀，我以前怎不懂得欣賞？

每出一本書，公公會包一個紅包賀我，紅包袋上寫著讚辭，譬如出版《天涯海角》時，他在紅包袋上寫著：「綜覈史乘[4]，緬懷感念；警句醒世，源遠流長。感懷身世，今日何日；願禱天佑，永共關愛。」我的福杯滿溢著長者慈愛，這一份出乎意料而得的親情如祥雲圍繞，我的航程抵達終點。

成了家就要有家的典章制度，我是鍋鏟新手，但非常奮力學習，供應三餐。我母親留給我熱灶熱鍋印象，「美食」就是媽媽做的、有感情的家鄉菜。外面餐館名菜，就像一夜情，多吃對身體不好，還是回家吃粗茶淡飯，滋味綿長。現在，我家老小兩個壯丁每周至少吃一次我包的水餃；當然，再學十年也包不出黃姊的水準，還好他們不挑。有時，獨自準備餡料，捏一百五十個水餃送進冰箱，又順便弄鍋貼當晚餐吃；煎得赤黃的鍋貼頗具色相，我不免有浮生如夢的感覺。一個宜蘭鄉下女生能做出這樣的麵食，可見人生無限寬廣；出身寒戶無須萎志出身豪門無須得意，那只是標示人生課堂從哪一科開始學起而已，在那裡開始並不意謂會在那裡結束。生命充滿奇遇，壩住了，一葉扁舟也會抵達風

3　以生麵筋經由發酵製成，屬素食食品，經常用作飯前小點心。
4　綜，綜合；覈，音ㄏㄜˊ，詳實核查。史乘，泛指史書。

平浪靜、草長陰濃的岸。

　　簡媜的故事令朋友們聽得凝重，都停了箸。故事講完，如夢初醒。

　　夜漸深，雨似乎停了。

本文選自簡媜等著（2009），《吃朋友》。臺北：印刻。

本文由簡媜女士授權使用。

延伸閱讀

第七宴　我那粗勇婢女的四段航程──散文家簡媜的故事

簡媜的盤中故事

　　一、暖沙拉　**蓮花迎客，文人相惜**

　　二、乾煎烏魚卵　**竹蔭下的富有童年**

　　三、椒麻雞腿　**一步以外，都是異鄉**

　　四、蒸魚捲　**舊時相識彼邊港**

　　五、鑲小雛菊　**往事如煙輕搖曳**

　　六、茄茉菜捲　**燜蒸苦味青春**

　　七、炸蓮藕　**「藕」然相遇**

　　八、六色元寶：紅椒水餃，菠菜水餃，南瓜水餃，紫山藥水餃，芋
　　　　頭水餃，馬鈴薯水餃　**為族群融合辦桌國宴**

　　九、繡球綠鑽湯　**今世姻緣前生定**

　　十、花生湯搭油條　**甜舌油嘴，回憶如水**

主廚情意

　　宴前兩個月，黃姊問簡媜想吃什麼，哪些菜跟她的故事相關？簡媜
拋了三個原則：魚（包括海鮮），雞腿，水餃。她告訴黃姊：「我不吃小
捲很多年了，不過，妳弄給我吃吧！」

　　幾天後，黃姊傳真菜單，豪氣干雲地說：「我要親手幫妳包六種顏色
的水餃，餡料都不一樣。」

　　簡媜大受感動：「這這，這是國宴等級哩！」

　　黃姊還設計了茄茉菜捲，茄茉菜就是牛皮菜，又叫厚皮菜，舊時鄉
間很多，是窮人與豬的美食。

　　「豬？好吧，妳要把我當豬，我也不反對！小時候吃了不少，有代
表性。」簡媜說。但這菜不易在市場買到，黃姊向賣菜籽的歐巴桑買了

種籽，親自在後院為老友種菜。「我常常對菜苗祈求，請它們爭氣點，快快長大！」但最終禱告無效，只好央求高雄的親戚宅配一箱牛皮菜來。

不久，簡媜出了難題：「我希望那盤煎魚子能墊著新鮮竹葉，比較有感情，可以嗎？」

黃姊踏遍住家附近，終於在一處社區發現竹叢。她對警衛說明來意，獲准，她說：「今天不摘，宴客前一天我再來。」她又想，簡媜喜歡桂花，若魚子上灑幾朵桂花，豈不更美！於是日日出巡，終於尋得一叢，也對桂花說：「請妳開慢點，某月某日請賜我一撮。」

又不久，簡媜再出一題：「妳能想辦法弄一朵蓮花嗎？冬天買不到蓮花。」

黃姊沉吟：「只能用雕的，我用紫洋蔥雕吧！」

宴客前一天，黃姊買齊食材，特地出門採竹葉與桂花。竹葉洗淨用毛巾包覆放冰箱，免得脫水失去青綠顏色。

萬事俱備。

這一天

時序進入歲末，即使是暖冬也擋不住寒風，偏偏又下起雨來，那雨勢到傍晚愈加淅淅瀝瀝，很久沒遇到這麼濕冷的冬天了。這樣的晚上，特別適合與好友相聚，圍著熱騰騰的佳餚，聽一個故事，溫一壺酒。

五點鐘，朋友一一進黃姊家門，喊一聲：「黃姊我來了！」隨即熟門熟道地自我安插，八坪大的客餐廳或坐或站十五人，語聲笑語沸然。誰說須有豪宅、山珍海味才能宴客，若誠意相待，杯水亦甜，何況又是性情相近相惜的一群老友。

黃姊與攝影師阿妮塔在廚房舞弄，朋友們看到餐桌上排出截然不同的「陣仗」，莫不瞠目結舌「啊」讚嘆，稍一不慎，口水有潰堤的危險。

惠綿對簡媜說：「妳看看，黃姊為妳設計的菜多澎湃！」

「沒辦法，她要我下輩子當她爸爸，這輩子得先幫我補補身，要不然我不孕怎麼辦！」簡媜答得理直氣壯。

「趙老師說，上次妳一直問問題，害她沒吃飽，連蔥燶[i]鯽魚都沒吃，今天我們要替她報仇！」惠綿不甘心，繼續進攻。

這是實情，講故事的人跌入回憶，說著說著就忘了吃，到最後眾人皆飽我獨餓。簡媜鬼笑：「基本上，七點鐘以前我是不說話的！」一副你們儘管問我儘管吃的決心。

「妳不是說妳家很窮嗎？怎有烏魚子吃？」惠綿看菜單，又質疑。

「我們窮人家吃新鮮烏魚卵，像妳家很有錢都吃乾的烏魚子。」簡媜鬧她，惠綿急辯：「我家哪裡有錢，我家哪裡有錢！」三哥走過來，俯身觀賞那盤灑了桂花的乾煎魚子，慢條斯理說：「我小時候也常常看到烏魚子，不過，都是看別人吃。」眾人大笑。

特地從花蓮來的子庭帶來一瓶小米酒，朋友們都說這酒與今晚菜餚很搭。開席後，大家催簡媜講故事，她不為所動專心舞筷。不久，用竹篩做底盤盛放冒著熱煙的六色水餃端上桌，繽紛、華麗、氣派，好一幅太平盛世圖，贏得一陣讚嘆，每種口味都美。三哥頗吃味：「我認識照美五十七年了，從來沒吃過這種水餃，她包給我的都這麼大（兩手一比），我吃五個就飽了。」

七點，佳餚已過泰半，簡媜才開口。她知道她要說的故事不適合在吃飯的時候聽。

簡媜故事

蓮花，我的故事要從蓮花說起。

一九九一年我進遠流，上班第一天，辦公桌上有人插了一瓶蓮花迎接我，我的心動了一下。問同事是誰送的，她們說：「黃姊。」我當下想：這人我得認識認識。

我找到黃姊，向她道謝，她遲疑了一下，說：「謝謝你幫黃恆正的書寫序，我是他太太。」我驚訝極了，感嘆世事常有不尋常的線索。事

---

[i] 燶＝炶，音ㄎㄠ。

實上，我不認識黃恆正先生，當時遠流的總編輯周先生找我幫黃先生翻譯、友松圓諦禪師《心的伴侶》寫推薦序，提及譯者來不及看到書出版已猝逝，我立即答應，也在序中寫道：

> 黃恆正先生流暢的譯筆，使讀者更能貼近原作。可惜他來不及看到這本書的出版而逝，我無緣向他請益，這樣一篇短短的讀後感也不足以道中本書的精華。但我看到書中有一段文字，想到黃恆正先生，也許可以作為對他的感謝：
> 搭計程車在市內繞一圈，新車車況良好，急駛而行，聞不出汽油味。那是因為汽油完全燃燒的緣故。
> 日日是好日，乃來自於作者與譯者的完全燃燒。

我明白，黃姊放在桌上的蓮花，應是念及那段序文所傳達的文人相憐惜之心吧！

十七年後的今晚，我本想帶一束蓮花回送黃姊，但冬天買不到，還勞駕她用紫洋蔥刻了一朵，就是我們面前的這朵。

我的故事經由胃來說，等同一篇「胃壁考掘」。相較於敏感纖細的心思、乾燥昏花的眼睛，胃是我轄下唯一的粗勇婢女；她「吃苦」耐勞，所有惡主對奴婢做過的事我都做過，包括幼時過年一天吃八個滷蛋、高三拼聯考時一天吃十七粒陽明山桶柑，這些惡行她都默默承擔，不干擾「八蛋」小女孩繼續跳房子、不妨礙「十七橘」女生繼續背三民主義。經過幾段艱險的航程，除了後來育嬰那段時間點綴似地鬧一點潰瘍之外，她至今仍然勇猛地分泌消化酶以捍衛我的生存。

第一段航程：魚來了，直到小捲出現。

小時候，我家餐桌上五盤菜有四盤是魚。父親從事魚販，每日到蘇澳批魚貨，運至羅東市場供應幾家魚攤販賣。魚，新鮮的鹽漬的，總是吃不膩。乾煎、紅燒、清蒸、煮湯，最美味的當然是父親自己處理的

生魚片，芥茉的嗆味帶來鼻腔內萬馬奔騰的興奮感。有時魚太多，我阿母也弄成魚鬆較好保存。好幾次，父親帶巴掌大的烏魚卵回來，滿滿一盆，阿母站在大灶大鼎前，用冰糖、醬油烹，醬汁收乾，狠心再逼一逼，酥黃微焦。我們這些「猴死囝仔」在稻埕鬼混，聞到竹叢間那支煙囪溢出的焦糖味的煙，奔至灶腳，抓了魚卵就跑，一入口，五內酥軟欲仙欲死，又折回灶腳多拿幾副，撕一張日曆紙包著（那掛牆的日曆已透支兩三個月），坐在竹叢下專心享用，涼風習習，小雞繞來啄食餘屑。這就是為什麼我希望這盤魚卵能墊著竹葉的原因，啊！美味且無憂的童年！

　　童年的我認為魚的美味順序是：生魚片，魚卵，魚眼（含眶），魚臉頰，魚肚，魚膘。當然，好日子總是短暫，很快地，我再也不能這樣吃魚了。

　　我十三歲那年中元節前夕，父親騎摩托車從羅東回家，暗夜途中被一輛大卡車撞倒、拖行。那是我生命也是全家命運陷入黑暗的轉捩點，它真的發生了。天地間沒有魔法能倒溯時間阻止那場剎那間發生的車禍，也沒有人能回答為什麼兩個身強力壯的男子相撞，致命的是我們的爸爸而非另幾個孩子的父親。總之，深夜，遭醫院拒絕被抬回家的父親躺在客廳臨時鋪設的門板上等著斷氣，他一直掙扎、呻吟，忽強忽弱，血流全身。那是我第一次毫無準備地目睹死亡，正確地說應該是，近六個小時目睹自己父親那極緩慢、極痛苦、絕不甘心的死亡過程。我唯一為他做的是，捧一盆水用毛巾擦拭他身上的污血及之後噴吐而出的腦漿——我不記得是誰叫我做的，擦不止的血水後來成為我長期的暗夜惡夢。中元節清晨，他走了。

　　幾日後，道士帶我們到事故現場招魂，農曆七月大太陽下，我戴著「頭白」跪在路邊草叢，看到草地上散著紅通乾癟的小捲，我忽然明白那是父親車禍的見證者，當時從他的竹編魚籃飛出來的。腥臭的小捲刺激我的感官，使連日以來麻木呆滯的我忽然想吞食那些臭小捲說不定就從這場惡夢醒來，幾乎只要意念再往前一小步我就會伸手，幸好還有最

後一絲理智綁住我，這意謂著，我知道這惡夢是真實的。

從此，小捲從我的食物單消失。

剛剛上的那道鑲小雛菊，要描述的就是這段經驗。黃姊用小花枝取代外貌不佳的熟小捲，鑲了蝦泥，雕飾成純白的小菊花來呈現。往事如煙啊，以花的意象作結也很好。

（朋友們舉杯，飲了小米酒。故事繼續。）

第二段航程：饑餓，一種少女式的懲罰。

辦完父親喪事，家等於散了，因為母親必須頂替父親的角色出外工作。我上國二，在無人導引與援助之下，獨自面對喪父與聯考的雙重壓力。我渴望離鄉追求出路，但成長的每一分每一秒都像蝸牛那樣慢，我非常完整地獨享這份龐大、沉重的苦悶竟不知不覺跌入「自懲」的快意恩仇之中：我故意不帶雨具，宜蘭一年下二百天的雨，下小雨我淋小雨，下大雨就淋大雨；早上騎腳踏車上學淋得混身濕透，就這麼濕搭搭上課讓衣服一时时乾，傍晚放學再淋一遍（如今細想，我們班淋雨的倒不少，也許處在無法衝撞的體制下，這也是一種表達抗議的行為模式）。淋雨還不夠，我還拿那個婢女當作出氣口：只要考試成績不理想，午飯時我就只吃幾口飯，判斷同學們不會察覺，即蓋上便當盒，傍晚回家直接把剩飯倒入餿水桶，洗好便當盒。無人知曉我幾乎餓了一整天。我一分為二，一個是決心到台北考聯考尋找前途的瘦小少女，一個高高在上，監督，斥責，懲罰，是超越了年齡心智性別的綜合體。我受她的嚴厲管教，度過無數習於饑餓、頂戴暴雨的國中生活，直到考上台北的高中。

這種苦行訓練的意外收穫是給了我一副隨和的胃，相較於有些人打死不吃隔夜飯菜的帝王派頭，我卻很能接受蒸過的剩飯菜味道，即使是一盤從冰箱拿出、蒸過的空心菜或地瓜葉或Ａ菜，這種只有和善的豬與失去理智的人才能接受的悶爛、絕望滋味，也能喚起我對六○年代那一段沉重、苦悶時期的一絲安慰之意；我長大了，心智強壯，也從閱歷中

體會人生的種種真摯與虛假，已有能力重新解釋那段惡夢，卸除年少哀傷。我現在常常用鐵便當盒裝剩飯菜，次日中午蒸來吃（再配上報紙雜誌更佳），即使出門辦事也幾乎不外食，家裡有個便當在等我。那種感覺好親切，彷彿，彷彿當年「她」倒掉的便當其實沒消失，風平浪靜的中年人「我」現在一一幫「她」吃回來。

桌上這道茄茉菜捲，頗有象徵意義；整片綠色茄茉葉保留淡淡的鄉土苦味，裹藏花枝泥與豆腐泥和成的海洋鮮美，完成海陸食材的雙重奏，也呼應當年的我著根於苦澀小村卻嚮往大世界的心理狀態。

饑餓的感覺在高中稍減但並未消失，除了短暫住在親戚家較穩定外，後來搬到大屯山下學校附近租屋拼大學聯考，那時期最能見識我那婢女的粗勇天賦。像我這種清寒學生，身在聯考成績不佳的學校又沒錢補習，已是劣勢，偏又迷上寫作，每晚做完功課總要饑渴地拿出稿紙寫幾段文字，豈不是自毀前途！其實不，文字是靈糧，是定魂香，我每日寫一段落依依不捨收入抽屜都會興起一股頑強的戰鬥意志，只差沒高喊：「征服！」類近匈奴枕戈待旦欲攻破京城的那種氣概。如此「雙拼」──拼聯考、拼寫作，三餐當然亂來，亂到沉浸在如癡如醉的閱讀狀態連續吃十七個桶柑（早上買回，數過，放抽屜內，一面背書一面剝），待傍晚發覺橘子吃光了很擔心會不會鬧胃痛需要躺在床上打滾，居然沒有，不禁起疑住在我體內的粗勇婢女是否從身體的哪個我尚未知曉的部位偷偷運出橘泥倒掉了？可是明明指甲縫內都是橘油⋯⋯！那時起，我充份體認到，想打拼的人一定要配備一副鐵壁胃鋼管腸，而且要有打死不退的拼勁。

當時中餐在學校搭伙，廚房伙伕都是外省老兵，做的菜色加上常常出現的手工原味麵香大饅頭（不是狗不理喔，是打狗會昏頭，因為太扎實了），像是把我們當國軍弟兄，吃完要繼續去「對日抗戰」的樣子！我猜他們完全從男生角度著想，好像女生已發育完畢不需要吃而男生是國家的重要牲口要餵得飽飽，我這個宜蘭婢女實在吃不來也就結束「外省麵食戰鬥餐」。現在回想起來，那種饅頭的勁道，每顆都厚實誠懇，都是

由刺著「反共抗俄」的手臂當天揉出來的。翻轉時代的風一吹，再也找不到了。老實說，高中之後我沒再吃過那種味道的饅頭。

嚴格說，我生命中的麵食啟蒙課是阿母教的。有段時期，不知是水災導致米價上揚還是美援麵粉太多之故，鄉下竟也流行吃包子饅頭。我母親說那陣子吃了十二袋麵粉，她做成發育不良的饅頭或高麗菜包，似乎熱中了一段時間，後來大家都受不了，改成煮麵疙瘩之類的，於是也吃到翻肚叫不敢。米胃與麥胃真的有省籍差異，勉強不來。

關於饅頭，還有個小故事。

我家隔壁是伯公一家，他的大媳婦我們叫伯母，是個矮胖稍嫌遲鈍的人，不受家人疼愛。我記得她病了，長久臥床並未得到好的醫療與照顧，雙腿逐漸潰爛，敷很難聞的草藥，常有嗡嗡的蒼蠅在她床邊飛著。白晝無人，她顯然沒飯吃，哀哀呻吟，我曾數次在阿嬤或阿母的使喚下端一碗飯菜給她。她臥在陰暗腥臭的眠床上的情景，給了我煉獄的最初印象。

有一天早上，阿母又在蒸饅頭。我家灶腳的窗戶與她的窗戶成九十度角，她聞到掀鍋的麵香，幽幽地叫我阿母的名字：「你在煮什麼，耐也那麼香？」阿母答：「饅頭啦，你欲吃莫？」

她要，慢慢從窗戶伸出手，我阿母拿兩個給她。不久，她稱讚很好吃，還要。阿母再給她一個。

到傍晚，她竟死了。

我母親心裡一直存著陰影，是否那三個饅頭害死她？我告訴她：「妳應該寬心地想，這個苦命女人離世前吃了你做的熱騰騰饅頭，吃飽了有力氣上路才脫離苦海，你給了她最後一點安慰。我記得她天天躺在床上呻吟，再拖下去豈不更苦更折磨。死後年節拜她的牲禮是假的，最後吃的三個饅頭是真的。」母親聽了也同意。

總之，高中的我為了省錢在外亂吃，飯糰、油炸雙胞胎、烤玉米、愛玉冰、米粉湯，吃一樣就能打發一餐，且不知不覺跨過省籍界線，炭烤燒餅、炸醬麵、陽春麵等，水餃除外。領到《北市青年》的稿費就

去吃牛肉細麵加很多酸菜辣油。開始吃辣，整整一湯匙的辣椒醬好似要毒死那個婢女。今天暖沙拉與炸蓮藕的不羈模樣頗能代表。任何一個媽媽要是知道女兒這麼吃，一定用拖鞋打她。奇怪，我居然沒營養不良而死，只是發育受了不止一點的「重大」影響。還好智能沒受損，不，也可能嚴重受損才成了今天這副樣子。

第三段航程：豬腳，我的成年禮。

　　上大學真好，我有獎學金、稿費及家教收入，暑假打工，學費自籌，幾乎接近經濟獨立。大學的重要成就之一是認識好朋友，趙老師與惠綿就是在女五宿舍認識的。我住女一，但常去串門子，久而久之變成榮譽室友。我記得趙老師會做一些小菜給惠綿，我也分到一些，用玻璃瓶裝的酸豇豆閃著琥珀光，滋味難忘，即使夾土司、灑入泡麵碗也能為案頭筆耕帶來幸福感；想想看，一個住宿大學女生，通過生命中最險惡的階段，如願進入稿紙國度，現在正忘掉傷痕專神地被一個故事驅使，六百字稿紙上奔跑著一行行的字，有的被塗掉，換上更漂亮的一行。室友或聽收音機或嘻嘻哈哈聊天或對鏡剪分叉的頭髮，我不受影響繼續馳騁，忽然感到肚餓，這時，還有什麼比得上一碗灑了酸豇豆的泡麵更能救援，呼呼吞麵、筷子倚在碗內、拿筆寫幾個字、再呼呼吞麵……。食物跟人一樣，無貴賤之分，端看它們是否參與人生的重要時刻、留下豐美回憶。我非常眷戀那種在清苦之中全神貫注航向夢土的感覺。

　　女五宿舍附設的自助餐廳菜色豐富，我很喜歡滷雞腿，豐盛的節慶之感，呼應潛意識裡雞肉在閩南年節習俗的祭拜地位。有陣子，我看到白斬雞會想哭（只限白斬雞，鹽酥雞絕對不會），想起過年時阿嬤阿母用大灶大鍋煮全雞牲禮的情形，多完整的家啊！滷雞腿，大約承載了我的懷鄉情緒吧。

　　據說馬奎斯未成名前在巴黎過苦日子，買一副雞骨架煮湯，煮完撈起放窗台曬，下餐再煮，如是七八次。這段經驗幫他寫活了《沒人寫信給上校》裡的饑餓情節。我覺得他胡扯，雞骨架怎煮七八遍？也許他煮

的是自己的皮鞋吧……！

　　我雖然精算度日，但也不須矯情地說一支雞腿配兩餐之類的。清貧，也要清貧得雍容，清貧得有典章制度。今天這道雞腿經過黃姊改良，我們現在的年紀要離所有的「大腿」遠一點，即使是雞的。

　　我離家多年沒什麼生日概念，況且身分證上的生日與真正的國曆、農曆生日都不同，三個日期三個人，乾脆不知生不知死。我一向主張度日比較重要，無須追求一日榮華。

　　但有個人，暗地裡數算我的年齡。

　　大二上學期，某一個秋日黃昏，我下課騎腳踏車回宿舍。門口老茄冬樹下站著一條人影，用閩南語喊我名字，尋聲一看，是我母親。

　　「阿母，你耐也在這？」我吃驚。

　　當時沒電話沒手機，往來之間常出乎意料。她提著東西，用花布巾包著，說：「今啊日，你二十歲生日，滷豬腳、蛋來給你做生日。」

　　那一鍋豬腳、蛋還有餘溫，她滷好即坐火車來台大找我；正是晚餐時刻，陪我吃畢「成年禮」，她又趕車回家。點了朱砂的蛋很喜氣，與室友分享。

　　當夜，熄燈之後，我躲到熨衣間，想著母親這一生的種種艱難，想著她再怎麼辛苦也不放棄孩子，我不顧肚子囤積戰備油的後果，含著淚光叫「粗勇婢女」把一鍋豬腳吃完以免餿掉，奮力地奮力地，像每個階段我奮力帶自己去遇見更值得的人，找更值得的人生。

主題延伸學習單

〈課文單元—第四段航程：水餃大航海時代來臨〉

班　級		姓　名		學　號		評分	

題目：每一個人誕生之後，便須依賴食物才得以生存，但現在的食物常跳脫在
　　　僅得溫飽的目的而已，這就是我們常說的美食。在成長過程中，請就妳
　　　（你）「印象中的一道美食」爲題，書寫你對這道美食的看法。

美食名稱品嘗的時間及地點，菜餚的特色	
美食的食材來源，可能的演變	

美學素養

絕妙巧窗

李漁

作者

　　李漁（1611-1680），本名仙侶，字謫凡，號天徒。中年更名李漁，字笠鴻，號笠翁。唐朝時，其始祖由福建長汀，徙居浙江壽昌。南宋時，再遷至婺州（今浙江省金華市）蘭溪夏李（下李）。祖父到雉皋（今江蘇省如皋市）經營藥材生意。伯父李如椿在雉皋城內開藥鋪，父親李如松從旁協助。「家素饒，其園亭羅綺甲邑內」。李漁於明神宗萬曆三十九年出生，為明末清初著名戲曲家暨庭園設計師。

　　李漁十九歲喪父。崇禎八年（1635），二十五歲的李漁參加童子試，主試官許豸激賞其五經見解，刻印其試卷，供友人鑑賞。崇禎十二年（1639），到省城杭州參加鄉試，結果落第。三年後，再赴杭州，應考明王朝舉行的最後一次鄉試。當時局勢動盪，李漁途中聞警折返。

　　清順治三年（1646）八月，清軍攻佔金華，李漁被迫歸隱故鄉。四十一歲時去杭州，後移家金陵（南京），遊歷四方，廣交名士。在金陵開設芥子園書鋪，編刻圖籍，以《芥子園畫譜初集》最負盛名。且出版自撰通俗小說，《肉蒲團》可能出自其手筆。

　　李漁又自組戲班，各地巡演，受士紳讚賞及資助。康熙五年（1666）及康熙六年（1667），接連獲贈喬姬和王姬，入門時均十三歲，受專業訓練後，分別充當花旦及反串的生角，雙雙成為台柱。從演員遴選與培養、劇本創作與演出、舞台設計與導演，乃至管理與盈虧，全都由李漁一人負責。所作喜劇合稱《笠翁十種曲》。

　　如魚得水的李漁將其歷練所得的創見，寫成《閑情偶寄》。內容涵

蓋劇本創作、戲曲表演、美容妝扮、藝術修維，庭園設計、家具製作、文物鑑賞、養生學、園藝學、營養學，堪稱休閒生活美學設計百科。

　　家庭戲班雖然收入頗豐，但也會遇到青黃不接，讓姬妾餓肚子的窘境。十九歲的喬姬因隱瞞病情，終至病逝，李漁作二十首《斷腸詩》悼念她。隔年，王姬也病故，李漁為她作《後斷腸詩》十首，並為二姬寫《喬復生王再來二姬合傳》。二姬死後，家庭戲班就此解散。

　　李漁酷愛建造庭園。早年回鄉躲避戰亂，曾於伊山之麓建「伊園」。中年定居金陵時，又造「芥子園」。甚至晚年（清康熙十六年，1677）生活困頓之際，再度遷居杭州時，仍堅持於雲居山東麓修築「層園」。

題解

　　本文節錄自《閑情偶寄‧居室部‧牕欄第二》。課名與小標題均為編者所添加，分段與新式標點亦編者所為。

　　作者分享自己如何利用窗框的創意設計，營造詩情畫意的視覺美感氛圍。首先指出窗戶和欄杆的設計，最能巧妙活用舊有方法，創造出變化多端的新花樣，引入話題。然後強調窗戶和欄杆的設計，必須以堅固耐用為前提，以承接話題。繼而標舉「簡樸」的審美準則，以恪守堅固耐用的大原則，作更深一層的申述。接著連續舉出兩個符合簡樸耐用的精彩設計案例，分別是湖舫的扇形窗設計，以及利用枯枝構圖的梅窗，極具說服力，令人心悅誠服。

本文

引言

　　吾觀今世之人，能變古法爲今制[1]者，其惟牕[2]、欄二事乎！窗、欄之制，日異月新，皆從成法中變出。

堅固

　　牕櫺[3]以明透[4]爲先，欄杆以玲瓏[5]爲主，然此皆屬第二義[6]；其首重者，止在一字之「堅」[7]，堅而後論工拙[8]。嘗有窮工極巧以求盡善[9]，乃不踰時[10]而失頭墮趾[11]，反類畫虎未成者，計其新而不計其舊[12]也。

簡樸

　　總其大綱[13]，則有二語：宜簡不宜繁[14]，宜自然不宜雕斲[15]。凡事

---

[1]　變古法爲今制：依據傳統法式爲基礎，創造出嶄新的設計。

[2]　牕：「窗」的異體字。

[3]　櫺：舊式房屋的窗格。

[4]　明透：明亮通透。

[5]　玲瓏：精巧細微。

[6]　第二義：佛學用語。次要的，非根本的。

[7]　止在一字之「堅」：只在一個「堅」字。

[8]　論工拙：評論製作精巧還是拙劣。

[9]　盡善：完美無瑕。

[10]　不踰時：沒超過使用年限。踰：「逾」的異體字。

[11]　失頭墮趾：零件鬆脫。

[12]　計其新而不計其舊：只考慮樣式的新穎，卻沒顧慮到耐久度。

[13]　總其大綱：概括其中的要領。

[14]　繁：複雜。

[15]　斲：砍。

物之理 [16]，簡斯可繼 [17]，繁則難久 [18]，順其性 [19] 者必堅，戕其體 [20] 者易壞。木之爲器，凡合筍 [21] 使就者，皆順其性以爲之者也；雕刻使成者，皆戕其體而爲之者也；一涉雕鏤 [22]，則腐朽可立待矣。

借景

開牕莫妙于借景。

向 [23] 居西子湖濱，欲購湖舫 [24] 一隻，事事猶人 [25]，不求稍異，止以牕格異之。人詢其法，予曰：四面皆實，獨虛其中 [26]，而爲「便面 [27]」之形。實者用板，蒙以灰布，勿露一隙之光；虛者用木作匡 [28]，上下皆曲而直其兩旁 [29]，所謂「便面」是也。純露空明 [30]，勿使有纖毫障翳。

是 [31] 船之左右，止有二便面。便面之外，無他物矣。坐于其

---

[16] 凡事物之理：大凡各種事物就其物理來說。

[17] 簡斯可繼：簡樸才耐用。斯：才。

[18] 繁則難久：複雜就不易耐用。久：耐用。

[19] 順其性：順應器物特性。

[20] 戕其體：傷害器物本身。

[21] 筍：「榫」的異體字，器物兩部分利用凹凸相接的凸出部分。

[22] 鏤：雕刻。

[23] 向：從前。

[24] 舫：船。

[25] 事事猶人：各項製作都仿照常用樣式。猶：同。

[26] 獨虛其中：只有挖空中間開窗。虛：挖空。

[27] 便面：古人用扇子遮面，故以「便面」代稱扇子。

[28] 匡：「框」的異體字。

[29] 上下皆曲而直其兩旁：上下兩條邊框都是彎的，左右兩條邊框都做成直的。
　　直：做成直的。

[30] 空明：開闊明亮。

[31] 是：此，這。

中，則兩岸之湖光山色、寺觀[32]浮屠[33]、雲煙[34]竹樹，以及往來之樵人[35]牧豎[36]、醉翁游女[37]，連人帶馬，盡入便面之中，作我天然圖畫。

　　且又時時變幻，不爲一定之形。非特舟行之際，搖一櫓變一像，撐一篙換一景，即繫纜時，風搖水動，亦刻刻異形。是一日之內，現出百千萬幅佳山佳水，總以便面收之。

　　而便面之制，又絕無多費，不過曲木兩條、直木兩條而已。世有擲盡金錢，求爲新異者，其能新異若此乎？

　　此牖不但娛己，兼可娛人。不特以舟外無窮之景色，攝[38]入舟中，兼可以舟中所有之人物，並一切几席杯盤，射[39]出窗外，以備來往遊人之玩賞。何也？以內視外，固是一幅便面山水[40]；而以外視內，亦是一幅扇頭人物[41]。（見圖一）譬如拉妓[42]邀僧，呼朋聚友，與之彈碁[43]觀畫，分韻拈毫[44]，或飲或歌，任眠任起，自外觀之，無一不同繪事[45]。

　　同一物也，同一事也，此牖未設以前，僅作事物觀；一有此

---

32 寺觀：佛寺、道觀。

33 浮屠：佛塔。梵文 Buddnastupa 音譯的訛略。

34 煙：霧。

35 樵人：採伐木柴的人。

36 牧豎：牧童。

37 游女：出遊的女子。游：通「遊」。

38 攝：收取。

39 射：映照。

40 便面山水：畫在扇子上的山水畫。

41 扇頭人物：畫在扇子上的人物畫。

42 妓：藝妓，古代以歌舞娛樂賓客的女子。

43 彈碁：彈琴下棋。碁：「棋」的異體字。

44 分韻拈毫：數人相約賦詩，選擇若干字爲韻，各人分拈，依拈得之韻，拿毛筆作詩。拈：拿，音ㄋㄧㄢ。毫：毛筆。

45 繪事：與繪畫相關的事情。

牖，則不煩指點[46]，人人俱作畫圖觀矣。

圖一：以外視內亦是一幅扇頭人物

圖片來源：《閒情偶寄·居室部·牖欄第二·取景在借》插圖

梅窗

　　予又嘗取枯木數莖[47]，置作天然之牖，名曰「梅牖」。生平制作之佳，當以此爲第一。

---

[46] 指點：指出來讓人明白。
[47] 莖：量詞，用於條狀物。

　　己酉之夏，驟漲滔天，久而不涸，齋頭[48]淹死榴、橙各一株，伐而為薪，因其堅也，刀斧難入，臥於階除者纍日[49]。予見其枝柯盤曲，有似古梅，而老幹又具盤錯之勢，似可取而為器者，因籌所以用之。

　　是時棲雲谷中，幽而不明，正思闢牖，乃幡然[50]曰：「道在是矣[51]！」遂語工師[52]，取老幹之近直者，順其本來，不加斧鑿，為窗之上下兩傍，是窗之外廓具矣。再取枝柯之一面盤曲、一面稍平者，分作梅樹兩株，一從上生而倒垂，一從下生而仰接，其稍平之一面則略施斧斤，去其皮節而向外[53]，以便糊紙；其盤曲之一面，則匪特[54]盡全其天[55]，不稍戕斷，並疏枝細梗而留之。

　　既成之後，剪綵[56]作花，分紅梅、綠萼二種，綴於疏枝細梗之上，儼然活梅之初著花[57]者。（見圖二）同人[58]見之，無不叫絕。

48　齋頭：屋舍，常指書房、學舍、飯店或商店。

49　臥於階除者纍日：棄置臺階上很多天。

50　幡然：突然醒悟。

51　道在是矣：意思是想到辦法了。

52　工師：工匠。

53　其稍平之一面則略施斧斤，去其皮節而向外：用斧頭把較平滑一面的樹皮樹節略為削平，讓它朝外。

54　匪特：不僅。

55　盡全其天：完全保留它的天然形態。

56　剪綵：剪裁彩綢，製成蟲魚花草之類的裝飾品

57　著花：長出花蕾或花朵。

58　同人：同伴、伙伴。

圖二：梅窗

圖片來源：《閑情偶寄・居室部・牎欄第二・取景在借》插圖

延伸閱讀

1. 李漁原著、漢寶德導讀、游峻軒繪畫／攝影（2011），《明朝的生活美學：閒情偶寄》。臺北：英屬蓋曼群島，網路與書出版社。

2. 黃麗貞（2015），《藝文雙絕李笠翁：李漁研究》。臺北，國家出版社。

3. 杜書瀛（2010），《李漁美學心解》。北京，中國社會科學出版社。

4. 杜書瀛（1998），《李漁美學思想研究》。北京，中國社會科學出版社。

5. 吳賢俊（2016），〈因宜巧借：李漁創新生活空間設計審美準則〉，《東方學報》第 36 期，2016 年 3 月，頁 273-284。

主題延伸學習單

〈課文單元—絕妙巧窗〉

班　級		姓　名		學　號		評分	

題目：請舉出一個符合簡樸耐用的設計方案。可以是現存例子，亦可以是你自己的構想。

設計構想	
設計示意圖	

抹茶的美學

林清玄

作者

　　林清玄（1953 年一），筆名秦情、林漓、林大悲、天心永樂等。臺灣高雄旗山鎮人。畢業於臺灣世界新聞專科學校，曾任《中國時報》、《工商時報》記者，及《時報雜誌》主編。1973 年開始散文創作，1979年起連續七次獲得《中國時報》文學獎，並獲得吳三連文藝獎等無數文學獎，蟬聯臺灣十大暢銷書作家。散文作品清新而動人心弦，禪理散文醇厚深刻，書寫其對佛法的感悟，展現出對生命的博大悲憫與終極關懷，發人深省。作者認為人生的關鍵在於覺悟，人生的快樂痛苦都是覺悟，主張「快樂活在當下，盡心就是完美」。著作等身，主要有《身心安頓》、《溫一壺月光下酒》、《清淨之蓮》、《桃花心木》、《鴛鴦香爐》、《在夢的遠方》、《用歲月在蓮上寫詩》、《茶味禪心》等。

題解

　　本文選自作者《迷路的雲》，書寫作者應友人邀約，在茶室品用抹茶的過程，體會「行亦禪、坐亦禪，語默動靜皆安然」的日本茶藝美學。從茶室的建築、茶具的樸拙、茶沏的規整作法，乃至於以「一期一會」的心情，珍惜與友人品茗相會的緣分，整篇文章展現出日本茶道「和、敬、清、寂」的「四則」精神。其中，「和敬」係指主客之間的對應態度和禮儀，「清寂」則指整體茶會所流露的閒寂氛圍，即在不受外界干擾的靜雅空間裡，感受內心沉澱的清淨力。文中指出日本文化講

究精確的視覺美，重視精密而分化，一如繁複而熟練的沏茶。但當茶藝
與禪宗的精神結合時，卻流露出靜中求定的反璞歸眞，以自然、寧靜而
平常的精神，涵蘊出日本「微鏽」與「樸拙」的審美觀。

本文　　　　　　　　　　　　　　　　　　　　　　　**抹茶的美學**

　　日本朋友堅持要帶我去喝日本茶，我說：「我想，中國茶大
概比日本茶高明一些，我看不用去了。」

　　他對我笑一笑，說：「那是不同的，我在臺北喝過你們的功
夫茶[1]，味道和過程都是上品，但它在形式上和日本的不同，而且
喝茶在臺北是獨立的東西，在日本不是，茶的美學[2]滲透到日本所
有的視覺文化，包括建築和自然的欣賞。不喝茶，你永遠不能知
道日本。」

　　我隨著日本朋友在東京的大街小巷中穿梭，要去找喝茶的地
方，一路上我都在想，在日本留了一些時日，喝到的日本茶無非
是清茶或麥茶，能高明到那裏去呢？正沉思間，我們似乎走到了
一個茅屋的「山門」[3]，是用木頭與草搭成的，非常的簡單樸素，朋
友說我們喝茶的地方到了。這喝茶的處所日語叫 Sukiya，翻成中
文叫「茶室」，對西方人來講就複雜一些，英文把它翻成 Abode of

---

[1] 功夫茶，原稱「工夫茶」，起源于宋代。係指一種講究泡茶的技法，包含沏茶的
　　學問與品飲的功夫。重視水、火、沖三者的操作，即從落座開始，點火燒水、
　　置茶、備器，再到沖水、洗茶、沖茶；數沖以後換茶再泡，過程耗時而講究。

[2] 日本茶道是在「日常茶飯事」的基礎上，將日常生活與文化、藝術與宗教哲學
　　融合，形成一種藝術文化活動。透過茶室建築、茶會活動，與沏飲禮儀，展現
　　出日本獨特的審美觀。

[3] 「山門」意爲寺院或道觀的入口，寺院的一般稱呼。過去寺院多建於遠離塵囂的
　　山林之間，故有以山號爲名、並設山門；文中所稱「山門」，指茶室的入口。

Fancy（幻想之居），Abode of Vacancy（空之居），或者 Abode of Unsymmetrical（不稱之居）[4]，光看這幾個字，讓我赫然覺得這茶室不是簡單的地方。

果然，進到山門之後，視覺一寬，看到一個不大不小的庭園，零落的鋪著石塊大小不一，石與石間生長著短捷而青翠的小草，幾株及人高的綠樹也不規則的錯落有致。走進這樣的園子，人彷彿走進了一個清淨細緻的世界，遠遠處，好像還有極細極清的水聲在響。

日本的園林雖小，可是在那樣小的空間所創造的清淨之力是非常驚人的，幾乎使任何高聲談笑的人都要突然失聲不敢喧嘩。

我們也不禁沈默起來，好像怕吵醒鋪在地上的青石一樣的心情。

茶室的人迎迓我們，進入一個小小玄關式的迴廊等候，這時距離茶室還有一條花徑，石塊四邊開著細碎微不可辨的花。朋友告訴我，他們進去準備茶和茶具，我們可以先在這裏放鬆心情。

他說：「你別小看了這茶室，通常蓋一間好的茶室所花費的金錢和心血勝過一個大樓。」

「為什麼呢？」

「因為，蓋茶室的木匠往往是最好的木匠，他對材料的挑選，和手工的精細都必須達到完美的地步，而且他必須是個藝術家，對整體的美有好的認識。以茶室來說，所有的色彩和設計都

---

[4] 「不稱之居」，指建築或空間擺設的不對稱設計，日本的設計美學，特意避免重複設計手法，認為太均勻對應的設計將破壞想像力的創意，故茶室的用具擺設不允許重複的顏色或設計。「空之居」、「幻想之居」則強調對空間保持一點留白，故意留下一些空缺，令使用者得以發揮想像力，滿足審美的感受，一如國畫中的留白。日本稱之為「余白之美」，即在空無中，感受無盡的想像意涵。

不應該重複[5]，如果有一盆眞花，就不能有畫花的畫，如果有用黑釉的杯子，就不能放在黑色的漆盤上；甚至做每根柱子都不能使它單調，要利用視覺的誘引，使人沉靜而不失樂趣；或者一個花瓶擺著也是學問，通常不應該擺在中央，使對等空間失去變化……」

正說的時候有人來請去喝茶，我們步過花徑到了眞正的茶室。房門約五尺，屋簷處有一架子，所有正常高度的成人都要低頭彎腰而入室，以對茶道表示恭敬。那屋外的架子是給客人放下所攜的東西，如皮包、雨傘、相機之類，據說往昔是給武士解劍放置之處；在傳統上，茶室是和平之地[6]，是放鬆歇息的地方，什麼東西都應放下，西方人叫它「空之居」、「幻想之居」是頗有道理。

茶室裏除了地上的爐子，爐上的鐵壺，一支夾炭的火鉗，一幅簡單的東洋畫，一瓶彎折奇逸的插花外，空無一物。而屋子裏的乾淨，好像主人在三分鐘前連掃了十遍一樣，簡直找不到一粒灰——初到東京的人難以明白爲什麼這樣的大城能維持乾淨，如果看到這間茶室就馬上明瞭，愛乾淨幾乎是成爲一個日本人最基本的條件。而日本傳統似乎也偏向視覺美的講求，像插花、能劇、園林，甚至文學到日本料理幾乎全講究精確的視覺美，所以也只好乾淨了。

---

[5] 日本重視不對稱與不均衡的調和之美，故茶室的擺設，無論掛畫、花與器皿的色彩與線條，極盡避免重複，並能適時呈現出季節的流轉脈絡。

[6] 日本茶室入口處的小門，設計精巧，成年人必須彎腰弓身入內。據聞千利休爲了陶冶戰國群雄的身心，特別立下規矩，受邀茶會的對象，無論貴賤，進入茶室時必須卸下盔甲，以及隨身武器。希望透過僻靜一隅，讓征戰塵囂的心靈，能夠得到片刻的安謐。

　　茶孃把開水倒入一個灰白色的粗糙大碗裏，用一根棒子攪拌，碗裏浮起了春天裏松針一樣翠的綠色來，上面則浮著細細的泡沫，等到溫度宜於入口時她才端給我們。朋友說，這就是「抹茶」了，喝時要兩手捧碗，端坐莊嚴，心情要如在廟裏燒香，是嚴肅的，也是放鬆的。和中國茶不同的是，它一次要喝一大口，然後向泡茶的人讚美。

　　我飲了一口，細細地用味蕾品著抹茶，發現這神奇的翠綠汁液苦而清涼，有若薄荷，似有令人清冽的力量，和中國茶之芳香有勁大為不同。

　　「飲抹茶，一屋不能超過四個人，否則就不清淨。」朋友說：「過去，茶道訂下的規矩有上百種，如何倒茶、如何插花、如何拿杓子、拿茶箱、茶碗都有規定，不是專業的人是搞不清楚的，因此在京都有『抹茶大學』專門訓練茶道人才，訓練出來的人幾乎都是藝術家了。」我聽了有些吃驚，光是泡這種茶就有大學訓練，要算是天下奇聞了。

　　日本人都知道，「抹茶」是中國的東西，在唐朝時候傳進日本，在唐朝以前我們的祖先喝茶就是這種攪拌式的「抹茶」，而且用的是大碗，直到元朝蒙古人入侵後才放棄這種方式，反倒在日本被保存了下來。如今日本茶道的方法基本上來自中國，只是因時日既久溶成為日本傳統，完全轉變為日本文化的習性。

　　現在我們的茶藝以喝功夫茶為主，回過頭來看日本茶道更覺得趣味盎然。但不論中日的茶道，講的都是平靜和自然的趣味，日本茶道的規模是十六世紀時茶道宗師利休[7]所創，曾有人問他茶

---

[7] 千利休（1522-1591）本名田中與四郎，日本戰國時代安土桃山時代著名的茶道師，被譽為「茶聖」。他提倡茶道的「四規七則」，所謂「四規」，係指呈現茶

道有否神秘之處。他說：

「把炭放進爐子，等水開到適當程度，加上茶葉使其產生適當的味道。按照花的生長情形，把花插到瓶子裏，在夏天時使人想到涼爽；冬天使人想到溫暖。除此之外，茶一無所有，沒有別的秘密。」

這不正是我們中國人的「平常心是道」[8] 嗎？只是利休可能想不到，後來日本竟發展出一百種以上的規矩來。

在日本的茶道裏，大部分的傳說都是和古老中國有關的，最先的傳說是說在西元前五世紀時，老子的一位信徒發現了茶，在函谷關口第一次奉茶給老子，把茶想成是「長生不老藥」。

普遍為日本人熟知的傳說，是禪宗初祖達摩從天竺東來後，為了尋找無上正覺，在少林寺面壁九年[9]，由於疲勞過度，眼睛張不開，索性把眼皮撕下來丟在地上，不久，在達摩丟棄眼皮的地方長出一棵葉子又綠又亮的矮樹。達摩的弟子便拿這矮樹的葉子來沖水，產生一種神秘的魔藥，使他們坐禪的時候可以常保持覺醒狀態，這就是茶的最初。

室清淨氛圍與待客禮敬的「和、靜、清、寂」。「七則」則充分展現出主客互動的和睦穩靜。所謂「七則」包括：一、茶要濃淡適宜；二、添炭煮茶要注意火候；三、茶水的溫度要注意季節的變化；四、插花要選擇當季新鮮的花；五、比客人提前到達；六、不下雨也要準備雨具；七、照顧好所有的客人。

[8] 平常心是道：意指人心本具純真、清淨的本性，毋需造作虛矯。《五燈會元》卷四載：「趙州從諗問南泉普願：『什麼是道！』南泉說：『平常心是道。』」認為只要依據心的本來面目，表現在日常生活的行、住、坐、臥，則能隨緣自在，質樸不染，而與道合為一體。

[9] 天竺：印度的古稱。達摩，菩提達摩的簡稱。達摩，南北朝時人，是佛教禪宗的祖師，被尊稱為「東土第一代祖師」。據聞達摩因與梁武帝的佛教理念不合，於是藉一葦渡江，歸止於嵩山少林寺，傳說曾於寺中面壁九年，故又稱「壁觀婆羅門」。

　　這真是個動人的傳說，雖然無稽卻有趣味，中國佛教禪宗何等大能，那裏需要藉助茶的提神才能尋找無上的正覺呢？但是它也使得日本的茶道和禪有極為深厚的關係，過去，日本偉大的茶師都是修習禪宗的，並且以禪宗的精神用到實際生活形成茶道——就是自然的、山林的、野趣的、寧靜的、純淨的、平常的精神。

　　另外一個例子可以反映這種精神，像日本茶室大小通常是四席半大[10]，這個大小是受到維摩經[11]的一段話影響而決定的：維摩經記載，維摩詰居士曾在同樣大的地方接待文殊師利菩薩和八萬四千個佛弟子，它說明了對於真正悟道的人，空間的限制是不存在的[12]。

　　我的日本朋友說：「日本茶道走到最後有兩個要素，一個是微鏽、一個是樸拙[13]，都深深影響了日本的美學觀，日本的金器、銀器、陶瓷、漆器、甚至大到庭園、建築都追求這樣的趣味。說到日本傳統的事物，好像從來沒有追求明亮光燦的東西，唯一的

---

[10] 日本慣以鋪席（榻榻米）來計算室內面積，每席長六尺、寬三尺，普通多為三席、四席半、六席、八席，多則百席。茶室或學生宿舍多為四席半。

[11] 《維摩詰所說經》（簡稱《維摩詰經》、《維摩經》，或稱《不可思議解脫經》。）〈香積佛品〉第十記載：「於是長者主月蓋，從八萬四千人，來入維摩詰舍。」月蓋：人名，毘舍離國的長者。「長者主」即長者的首領。意指長者的首領月蓋跟隨八萬四千個人來到維摩詰房間裏去。

[12] 佛經記載維摩詰大士的房室雖僅一丈見方，卻因修持的神通力，而能容納無數聽眾。《維摩詰所說經》卷中〈文殊師利問疾・第五〉載：「來入維摩詰室，諸菩薩大弟子釋梵四天王等昔所未見，其室廣博，悉皆包容三萬二千師子座，無所妨礙。」

[13] 日本人透過微鏽與樸拙的創作手法，表現對事物生滅與人事無常的感懷。因此，製作器物時，著重器物紋裡材質的真實呈現，而非矯飾的華麗加工；並強調手感的痕跡，即使經過歲月的洗禮，仍能保留人與事物的互動所產生的記憶與感情，而展現出歲月洗滌的古雅含斂。

例外，大概是武士的刀鋒吧！」

日本美學追求到最後，是精密而分化[14]，像是京都最有名的苔寺「西方寺」，在五千三百七十坪的面積上，竟種滿了一百二十種青苔，其變化之繁複，差別之細膩，真是達到了人類視覺感官的極致——細想起來，那一百二十種的青苔的變化，不正是抹茶上翡翠色泡沫的放大照片嗎？

我們坐在「茶室」裏享受著深深的安靜，想到文化的變遷與流轉，說不定我們捧碗而飲正是唐朝。不管它是日本的，或中國的，它確乎能使人有優美的感動，甚至能聽到花徑青石上響過來的足聲，好像來自遙遠的海邊，而來的那人羽扇綸巾、青衫藍帶，正是盛唐衣袂飄飄的文士——呀！我竟為自己這樣美的想像而驚醒過來，而我的朋友雙眼深閉，彷彿入定。

靜到什麼地步呢？靜到陽光穿紙而入都像聽到沙沙之聲。

我們離開的時候才發覺整整坐了四個小時，四小時只是一瞬，只是達摩祖師眼皮上長出千千億億葉子中的一片罷了。

---

[14] 日本人善於創造小而精緻的「細物」，無論是枯山水、花藝或女兒節的雛人形，皆表現出日本人重視精巧而極具效能的精確性。《枕草集》即有：「所有小巧的事物，不管是什麼，只要是小巧的事物皆為美。」表達出日本人認為小巧玲瓏即是美的審美觀。

本文選自林清玄著（1987），《迷路的雲》。臺北：九歌。
本文由林清玄先生授權使用。

延伸閱讀

1. 林清玄（1987），《迷路的雲》。臺北：九歌出版社。

2. 林谷芳（2012），〈曹源一滴水〉，收錄於《落花尋僧去》。臺北：印刻。

3. 古武南等（2012），《茶 21 席》。臺北：臺灣商務印書館。

4. 山本兼一著、張智淵譯（2012），《利休之死》。臺北：臺灣商務印書館。

5. 陳文茜（2012），〈我在美麗的日本〉，收錄於《文茜的百年驛站》。臺北：爾雅。

6. 靳飛（2004），《茶禪一味：日本的茶道文化》。臺北：百花文藝出版社。

7. 柳宗悅（2013），《工藝之道：日本百年生活美學之濫觴》。臺北：大藝出版社。

8. La Vie 編輯部（2013），《人生必訪の日本百年旅舖：穿越 300 年老舖旅館美學再發現》。臺北：麥浩斯出版公司。

9. La Vie 編輯部（2013），《日本手感設計》。臺北：麥浩斯出版公司。

主題延伸學習單

〈課文單元─抹茶的美學〉

班　級		姓　名		學　號		評分	

題目：請參考本課課文，寫出六個有關日本生活美學的關鍵字，並列舉其中一個最有心得的關鍵字，說明如何應用在自己的日常生活、或人生態度上。

美學關鍵字	1、　　　　　　　　　　　4、
	2、　　　　　　　　　　　5、
	3、　　　　　　　　　　　6、

生活美學的體驗 300字以上	

生命情懷

春的創意發想——唐詩解構（節錄）

洛夫

作者

　　洛夫，本名莫洛夫。1928 年生於湖南衡陽。1948 年隨國軍來到臺灣，1951 年考入政戰學校，畢業後入伍海軍陸戰隊。1971 年於淡江大學英文系畢業。1954 年與張默、瘂弦共同創辦《創世紀》詩刊，歷任總編輯數十年。1996 年起旅居加拿大溫哥華，亦常往返於臺灣大陸參與藝文活動。2016 年決定返台終老。

　　洛夫早期詩作學習存在主義與超現實主義，後期重在語言的錘鍊及意象的營造，被譽為中國白話文學史上最有成就的詩人。前後期詩風的分界點為 1999 年所作的〈魔歌〉，後遂有〈詩魔〉之號。繼 1959 年在金門砲火中寫下第一首長詩〈石室之死亡〉後，在 2001 年又出版三千行長詩〈漂木〉，打開華文長詩的新頁；藉以表達在離鄉與歸鄉間的拉扯意象，既是詩人的寫照，也是大時代的縮影。本詩曾獲諾貝爾文學獎提名。

　　洛夫不但在同年被評選為臺灣當代十大詩人之首，2003 年在大陸也獲得中國文藝協會頒贈終身成就榮譽獎章。2004 年獲得北京新詩界首屆國際詩歌獎。作品被譯成英法日韓荷瑞等各國語言。除詩集三十餘部外，另有散文集《一朵午荷》等七部，評論集《詩人之鏡》等五部，譯著《雨果傳》等八部。著作甚豐。對華人世界現代詩的發展影響深遠。

題解

　　終身致力於詩歌實驗的洛夫，近年來持續以唐詩爲題材，進行一場突破性的工程。2014 年集結出版了新書《唐詩解構——洛夫的唐韻新鑄藝術》。不僅有新舊詩篇的對照，還包括他的書法和即興揮灑的若干水墨畫，呈現了唐詩多元藝術之美。洛夫肯定古典詩歌內斂蘊藉、簡潔練達之美，企圖釋出其中神韻，並發掘意在言外的潛在優質元素；期能「以現代爲貌，以中國爲神」，而中國之「神」則藏於唐詩。

　　洛夫在〈唐詩解構後記〉文中提到他利用詩體的解構、重新詮釋和再創造，來豐富並延長原作的藝術生命。他的目的主要爲了吸引年輕人，接近喜愛唐詩進而傳承。對於古典詩的傳承，洛夫提出宜掌握的要點：（一）重新認識和建立人與自然的和諧關係、（二）尋回古典詩意象的永恆之美。

　　儘管作法出自超現實主義的技巧運用或意象經營，但題材仍從現實生活中取得；儘管領會詩的意義與時俱進，他卻仍保有自身的主體性，積極追求眞我，尋找人生的尊嚴及價值，呈現獨特的生命哲學與美學。

　　本單元節錄自《唐詩解構》，所選六首淺顯易懂、耳熟能詳的唐人絕句，前五首皆以春爲主題，依作者時代先後排列；第六首雖言送別，時令仍在春。每首皆意境幽遠，彷彿圖畫。解構之新作更把它們組裝得生動活潑、饒富韻緻。洛夫變古出新，有些是將原來詩句重組搭配，善用擬人及映襯手法，形成更鮮明的意象；或推衍延伸、增補畫面，或預作背景鋪墊，以更立體的方式呈現詩的美感。洛夫在後記提到拿捏分寸之難：若太近原作，則流於古詩今譯；若太疏離，又失去解構的意義。儘管他解構了唐詩原有的格律形式，重新賦予現代的語言節奏，卻儘可能保留原來唐詩的意境。這便是詩人心繫中華文史、延續古典藝術命脈，證明其永恆價值的終極目標。

本文

1. 春曉

　　春眠不覺曉，處處聞啼鳥。

　　夜來風雨聲，花落知多少。

　　　　　　　　　　　　——孟浩然

　　一夜好睡

　　晨起，把夢摺成方塊

　　塞在枕頭下，掖[1] 著藏著

　　等明晚拿出來，鋪展開

　　再做一次

　　推窗

　　一陣鳥聲不排隊就一湧而進

　　嘰嘰喳喳，你推我擠

　　爭啄著滿書桌的落花

　　窗外的風雨苦笑著

　　春又走了，夢仍是方塊一個

2. 鳥鳴澗[2]

　　人閒桂花落，夜靜春山空。

　　月出驚山鳥，時鳴春澗中。

　　　　　　　　　　　　——王維

---

[1] 掖：音一ㄝ，動詞，塞、藏。
[2] 澗：音ㄐㄧㄢ丶，夾在兩山間的水溝。

剛拿起筆想寫點什麼

窗外的桂花香

把靈感全熏[3]跑了

他閒閒地負手[4]階前

這般月色，還有一些些，一點點⋯⋯

月亮從空山竄[5]出

嚇得眾鳥撲翅驚飛

呱呱大叫

把春山中的　空

把春澗中的　靜

全都吵醒

而他仍在等待

靜靜地

等待，及至

月，悄悄降落在稿紙上

讓光填滿每個空格

---

[3] 熏：音ㄒㄩㄣ，動詞，煙火向上冒。
[4] 負手：兩手反交於背後。
[5] 竄：音ㄘㄨㄢˋ，突奔而出。

3. 滁州[6]西澗

　　獨憐[7]幽草澗邊生，上有黃鸝深樹鳴。

　　春潮帶雨晚來急，野渡無人舟自橫。

　　　　　　　　　　　　　　——韋應物

　　這場春雨下得是非不明

　　樹上黃鸝的鳴叫更費猜疑

　　聽來有一種欲淚的

　　心慌

　　有人在岸邊窮[8]叫

　　我要渡河

　　無人答理

　　眼看著

　　野草緊抓住洶湧而來的澗水不放

　　任那隻半死不活的渡船

　　在急流中六神無主

　　一會兒直，一會兒橫

　　釘子們

　　咬得船板格格作響

6　滁州：今安徽滁縣。

7　憐：動詞，愛。

8　窮：極盡。

4. 江南春

　　千里鶯啼綠映[9]紅，水村山郭[10]酒旗風。

　　南朝四百八十寺[11]，多少樓臺煙雨中。

——杜牧

　　把江南的春色用力一抖

　　然後在千里的綠毯上

　　緩緩鋪開

　　酒旗招展之間

　　小日子[12]真舒服

　　有人過著小螞蚱[13]般的歲月

　　又是煙又是雨

　　誰在乎有多少個廟

　　多少座樓臺

　　好一幅縮千里於尺幅[14]的畫

　　我戴著老花眼鏡

　　逼近一看

9　映：襯托。

10　山郭：山城。

11　四百八十寺：南朝為動盪亂世，有賴宗教提供心靈寄託，故興盛一時的佛寺何其多！

12　小日子：指人口簡單、經濟小康的生活。

13　螞蚱：音ㄇㄚˋ　ㄓㄚ˙，北平方言，俗稱蝗蟲，亦指蚱蜢。

14　縮千里於尺幅：又名「尺幅千里」。指外觀雖小、篇幅雖短，但內容豐富，有層次立體感，顯得氣勢遠大。

嘩啦一聲
四百八十座寺院
頓時倒塌成灰

5. 金縷衣 [15]

勸君莫惜金縷衣，勸君惜取少年時。
花開堪折直須折，莫待無花空折枝。

——杜秋娘 [16]

少年
黃金打造的歲月
裸著也是一道明媚的風景
還要什麼金縷衣

時間一直清醒
眼睜睜看著
黃金屋
稀哩嘩啦塌成一堆齏 [17] 粉

要愛
就愛花樣年華
我一直在樹枝上等你
等你輕輕把我抱下

---

15 金縷衣：古代貴族的殮服，用金絲編結玉片以示身分等級，後指華麗的外表。
16 杜秋娘：託名為作者，實際作者無可考。唐憲宗節度使李錡酷愛此詩，常令侍
　　妾杜秋娘於酒宴中演唱。參見杜牧〈杜秋娘詩〉及其自註。
17 齏：音ㄐㄧ，粉碎。

6. 黃鶴樓送孟浩然之廣陵[18]

　　故人西辭黃鶴樓，煙花三月下揚州。

　　孤帆遠影碧空盡，惟見長江天際流。

　　　　　　　　　　　　　　——李白

　　檣帆遠去

　　帶走了黃鶴樓昨夜的酒意

　　還有你的柳絲[19]

　　我的長亭[20]

　　帶走了你孤寒的背影

　　還有滿船的

　　詩稿和離情

　　孤帆越行越遠，越小

　　及至

　　更小

　　只見一只小小水鳥橫江飛去

　　再見，請多珍重

　　小心三月揚州的風雨[21]

　　還有桃花[22]

---

[18] 廣陵：今江蘇揚州。一說為三國時期建業（今南京）對面河口北岸。

[19] 柳絲：古人習以折柳送別。此有折柳「絲」寄相「思」的諧音雙關意。

[20] 長亭：古人送行，於五里設短亭、十里設長亭，以利主客休憩餞別。

[21] 風雨：除自然氣象的變化外，亦可聯想為人間的動盪波折。

[22] 桃花：語意雙關。既呈現自然美景，亦可作美人艷遇的聯想。

本文選自洛夫著（2014），《唐詩解構：洛夫的唐韻新鑄藝術》。新北市：遠景。
本文由遠景出版公司授權使用。

延伸閱讀

1. 蕭滌非等（1990），《唐詩鑑賞集成》。臺北：五南圖書公司。

2. 侯吉諒（1992），《洛夫石室之死亡及相關主要評論》。臺北：漢光出版社。

3. 辛鬱等編（1994），《創世紀詩選第二集（1984～1994)》。臺北：爾雅出版社。

4. 張默、蕭蕭編（1995），《新詩三百首（1917～1995)》。臺北：九歌出版社。

5. 游喚、徐華中編（1998），《大專院校現代詩精讀》。臺北：五南圖書公司。

6. 林靖傑（2014），《他們在島嶼寫作──無岸之河 Luo － Fu》。臺北：公視紀錄片。

「拍攝團隊追隨洛夫重訪金門坑道石室，且回到湖南衡陽的鄉愁現場，更記錄洛夫移民加拿大後的生活家常。『詩魔』的飛揚與沉潛，俱在其中。」

7. 洛夫（2014），《唐詩解構──洛夫的唐韻新鑄藝術》。新北市：遠景出版公司。

8. 洛夫（2016），《石室之死亡（簽名版）》。臺北：聯合文學出版社。

主題延伸學習單

〈課文單元—唐詩解構（節錄）〉

班　級		姓　名		學　號		評分	

題目：老歌〈魂縈舊夢〉歌詞中有來自李商隱「斷無消息石榴紅」的詩句，
民歌〈浮生千山路〉中的「長溝流月」「水窮雲起」「春遲遲」「草
萋萋」也饒富古韻。當今中國風歌詞達人方文山的〈菊花台〉、〈青花
瓷〉等作品，更以創意方式解構並重組傳統文化元素，從而展現其魅力
且帶動流行。

試舉一首中國風流行歌曲為例，找出其中發揮古典詩詞意象的所在。

中國風的流行歌詞	
其中的古典意象	

69

現代詩選

沈志方

　　沈志方，1955 年生，浙江餘桃人，眷村子弟。東海大學中文系、所畢業。曾任教於本校應用華語文系，今已退休。自 1986 年起即教授現代詩，曾獲東海文藝創作比賽散文首獎一次、現代詩首獎兩次、創世紀四十周年詩創作獎。著有詩集《書房夜戲》、《結局》、論著《漢魏文人樂府研究》等，詩作入選兩岸多種詩選及爾雅版年度詩選九次。

　　創作以現代詩、散文為主，數量不多，始終堅持一首好詩必須通過「立即的驚喜」與「沉思的回味」兩項考驗，作者曾說：「我在心中供奉著一冊冊嚴峻的經典，它們總冷冷逼視，而我每每慚惶，不敢輕易定稿……。」擅長融鑄中國古典文學於現代，早期注重結構布局之跌宕，講究遣詞用字之驚奇與餘韻；後期則隨性書寫對生活的深沉感受與人生之觀照。

　　〈回家〉選自《書房夜戲》，作者以「回家」寫車禍，不以重彩描繪血淋淋的現場，而側重於車禍後延伸的心碎。詩中分別從死者（子女）、父親、母親的告白，依序交錯渲染，使象徵「家之溫馨」的晚餐團聚瞬間崩解。作者將事件的兩個現場集中呈現、比較，更加深了悲劇性。

　　〈悲傷雨雪兩帖〉選自《結局》，作者藉兩個子題寫分手時的絕然

與不捨，分手後的心痛與悲哀。〈傷雨帖〉較側重場景、氣氛的設計；
〈悲雪帖〉則側重意象的塑造經營，藉著「如果」、「想像」以虛馭實，
層層刻畫深入骨髓的傷痛。

　　〈隱題詩〉選自《結局》，所謂「隱題詩」，係指將題目隱藏於詩
行之中的作品；若藏之於每行首字，則稱爲「藏頭詩」，本詩三帖均屬
此類。隱題詩極具趣味性，然易寫難工；雖然每行都有固定的句首字可
資依傍，但實則更考驗作者對文字的自律性，及對全篇的統攝觀照。稍
一不愼，則易流於鬆散的「分行散文」或支離破碎、不成片段。〈理想
國〉、〈桃花源〉與〈我愛你〉三帖，自當準此以觀。

本文　　　　　　　　　　　　　　　　　　　**現代詩選**

〈回家〉
　　十輪呼嘯闖亂你驚愕的肢體後
　　一滴鮮血爬回家
　　啪嗒重重落在晚餐桌上
　　（像以前在外頭做錯事，那麼
　　畏畏怯怯的）說——
　　爸，我回來了……

　　爸爸該去那裏燈變得很暗一條河頓然在體內
　　決堤而爸爸該去那裏？客廳後院臥室日記相
　　簿還是你的童年喊你回來吃飯？你要不要再
　　用甜甜的小白牙一如約會遲歸在爸爸逐漸重
　　聽的右耳邊，呵氣，熱熱軟軟的，說：爸，

我回來了
爸爸該去那裏

媽媽該去那裏一把針在衰弱的心跳間折裂。
媽媽在太平間外頭你呵孩子你在裏頭用傷口
喊疼疼疼疼一重鐵門任媽媽無助搥打成兩個
世界，開門孩子你開開門你又再鬧彆扭了媽
媽知道

開學前你向爸媽保證不再貪睡微積分不再哇！吐得成績單滿
臉血不再用零嘴抵抗正餐（你說誰教餐廳的菜哼難吃）只是
媽媽再炒不動桌上這盤你最最愛吃的長壽雞了因爲每塊用血
絲與絕望炒出來的雞丁都將是你貪嘴過貪睡過的，臉

一滴鮮血爬回家
一滴原是爸媽體內的鮮血
啪嗒重重落在晚餐桌上
碎裂成無數片的驚惶與疼痛
從一聲急刹車裏
分頭
哭，著，回，家

　　　　　　　　　　　　　　　——民國七十五年十二月

〈悲傷雨雪兩帖〉

〈傷雨帖〉

你以一柄黑傘

閃身溶進水墨

雨，就這樣無邊的落下來了

我決定用手指在窗上

劃一條小路

讓你離去

在你漸小的背影前方

我忍不住

劃出一道道柵欄

阻擋，忍不住劃出一條條

潮濕的繩索

試圖

呵，悲傷的挽留

〈悲雪帖〉

如果落下的是雪，我會説

好薄好冷的淚意呵，我會想像

水裂為冰雪的心痛刻度

我會穿上一襲想像的

黑色壽衣，躺進一座

想像的棺木中，然後縮成

一個個小小的驚嘆號，想像

上天的悲哀

——民國九十二年三月

〈隱題詩〉

1. 理想國

　　理想與現實兩個愛妾再度大打出手

　　想盡各種烏龍辦法調解不成

　　國王終於下令把自己扮成忍者，與烏龜

2. 桃花源

　　桃子堅挺在風中受孕而竹筍等待閹割

　　花瓣脹紅臉打開自己不久就萎了

　　源源不絕的生命在此源源不絕的，死亡

3. 我愛妳

　　我不知道該用多少玫瑰的柴薪

　　愛才能煉成一丸不含淚意的金丹

　　妳，最後被一爐爐的灰燼掩埋

——民國八十二年七月

本文由沈志方老師授權使用。

延伸閱讀

1.〈回家〉

　　〈回家〉給人的第一印象是題目出人意表。作者寫的居然不是遊子返鄉、或浪子歸鄉的所見所感，而是車禍現場一滴趕赴家中晚餐的鮮血，詩題與內容的差距，令作品得以開出極大的發揮空間。本詩結構並不複雜，一起一結扣緊車禍，中間部分雜以父母的獨白。首段另有兩處可資借鑑：第一，是破題後便導入高潮的文字掌控──「十輪呼嘯闖亂你驚愕的肢體」，彷彿死前驚慌錯愕到動彈不得的地步，如此身軀逐被大貨車「闖亂」！不必血腥而效果尤勝血腥。其次，爬回家的鮮血是惡耗的告知，當作者筆下的鮮血（自然也是亡魂的象徵）以畏怯、道歉的口吻向父母告知「我回來了」時，不管我們曾多叛逆，多常因代溝而起衝突，若真死而有知，目睹雙親哀痛欲絕的淚水，想來，再冷硬的心都會因此變得柔軟吧？作者無疑選擇了最易共鳴的切入角度。

　　〈回家〉在形式的表現上，亦具有「散文詩的大量運用」及「標點符號的駕馭」二大特色值得闡述。所謂散文詩，乃指介於詩與散文之間的一種特殊文類：簡要的說，指的是「形式是散文，而內容是詩」。其優點在於詩質的稠度性較低，適宜較細膩的鋪陳渲染；缺點則是因易懂且篇幅簡短，容易流於鬆散單薄，缺乏餘韻與聯想空間。

　　本詩二、三、四段幾乎全用散文詩來鋪陳渲染雙親悲情，效果或如同上述；作者為避開缺點，大膽抽掉標點符號以加快閱讀速度，期使鬆散的風險降到最低，幾處停頓都是重要的節奏樞紐，讀者不妨細細玩味。全詩尾句「哭，著，回，家」一字一頓的效果，與抽掉標點符號相較，作者在節奏設計上的經營極為明顯。

2.〈悲傷雨雪兩帖〉

　　〈悲傷雨雪兩帖〉是一首純粹的情詩。這類詩，多為青年詩人向詩神殿堂探路的第一張門票，故而作品之多實難勝數，要寫得新而深刻尤

其不易。〈傷雨帖〉在形式上採齊尾式排列，詩人方旗在 50 年代曾全力開拓過；〈悲雪帖〉則採一般的齊頭式排列，或緣於內容的側重不同而有此設計，但作者對形式、節奏與意象的突破，企圖心是相當明顯的。至於內容的賞析，謹摘錄詩人、詩論家落蒂先生的大作〈悲傷美學最詩人〉，供讀者參閱：

　　不久前讀到沈志方的詩作〈悲傷雨雪兩帖〉，內心頗受震憾：「你以一柄黑傘／閃身溶進水墨／雨，就這樣無邊的落下來了／我決定用手指在窗上／劃一條小路／讓你離去」，這是第一首「傷雨帖」的第一段，場景是你撐著黑傘，雨無邊的下著，你閃身溶進一幅水墨中，表示人生是黯淡的，悲苦的，以黑傘的意象，雨的意象，刻畫出一幅鮮明的圖畫，此時作者決定用手指在窗上劃一條小路，讓他離去，不要困在愁苦中，我認為這時刻的你和我應是一對的情人，兩人困在愛情中，困在無邊的雨中，困在一幅水墨裡，表示心情愁苦到極點，一直找不到出路，只好在窗上劃一條小路，企圖讓情人找到生命的出口，寫盡作者之多情。

　　第二段「在你漸小的背影前方／我忍不住／劃出一道道柵欄／阻擋，忍不住劃出一條條潮濕的繩索／試圖／呵，悲傷的挽留」，可是等你離去後，我就捨不得了，在你的前面劃一道道柵欄，劃一條條繩索，潮濕的繩索等意象語織就一幅情人分手時悲傷的挽留傷感氣氛，一種又想讓他走又捨不得讓他走的情緒，刻畫得入木三分。

　　第二首「悲雪帖」，全詩只有八行：「如果落下的是雪，我會說／好薄好冷的淚意呵，我會想像／水裂為冰雪的心痛刻度／我會穿上一襲想像的／黑色壽衣，躺進一座／想像的棺木中，然後縮成／一個小小的驚嘆號，想像／上天的悲哀」，讀完全詩卻有一種被悲哀凍結的感覺。下雪本是大自然的現象，在作者細心的刻畫下，變成好薄好冷的淚意，變成水裂為冰雪的心痛刻度，此時的雪已變為一種悲傷的象徵，於是作者更深一層的想到死，穿著黑色的壽衣，躺進棺木中，縮成一個小小的驚嘆號，這個驚嘆號是眾人的驚嘆，還是老天悲哀的驚嘆，就留待讀者自行

去體會。這兩首有關悲傷雨雪的詩，讓我一讀再讀，每讀一次都有一種十分悲苦的畫面出現。如果用雲門舞者的舞蹈來詮釋，畫面一定十分吸引人，讀者不妨細細體會品賞一番。

（原文首刊 2003 年 6 月《臺灣時報》副刊）

3.〈隱題詩〉

　　現代詩壇的隱題詩風潮，始於 1991 年 7 月洛夫先生所發表的〈我在體內餵養一隻毒蠱〉。年餘之間擴及兩岸三地，並引起頗多模仿。〈理想國〉、〈桃花源〉、〈我愛你〉三首，是作者一系列作品中與學生生活面較接近的詩題，並有〈論隱題詩〉的專著自剖創作過程，以下摘錄相關部分：（首刊於僑光科技大學 2001 年《通觀洞識學報》創刊號）

　　……理想國、烏托邦、桃花源不論有多少分歧或多少共同義，最終實則只剩兩個問題：理想國究竟、到底應該是什麼？以及如何運用極少的文字將它建構出來？至於「我愛你」，彷彿更簡單俐落，更生活化，但也更難下筆，是輾轉反側的深情？還是無望而割捨不了的苦澀？還是月下一諾的永恆盟誓？……要怎樣寫才能出讀者意料之外而又在讀者意料之中？在作品定型前，這一切，都是空想，都是永無終點的煎熬。

　　　理想與現實兩個愛妾再度大打出手
　　　想盡各種烏龍辦法調解不成
　　　國王終於下令把自己扮成忍者，與烏龜

　　此詩的關鍵處有二，一是破題的「愛妾」。理想與現實兩者既無法妥協，又不能割捨，故曰「愛妾」，寫的當然是人性。至於「國王」的態度則是另一個關鍵，理想與現實的生活需要調解，但顯然不能真正有效，否則人性豈不單調？末句試圖以嘲諷的角度，指人性對此衝突的無可如何，這種「忍者龜」心態即是我心目中的「理想國」。有戲謔處，也希望

有令人沉思處。

> 桃子堅挺在風中受孕而竹筍等待閹割
> 花瓣脹紅臉打開自己不久就萎了
> 源源不絕的生命在此源源不絕的，死亡

　　〈桃花源〉因詩題的字的質原本強烈，故對首字的遷就比較明顯，三行全由生、死對比構成，萬物在此能自然的生、自然的死，就是我心中的「桃花源」。以上兩詩堂廡不大，但希望經營出一個意象、張力雙美的小宇宙。

> 我不知道該用多少玫瑰的柴薪
> 愛才能煉成一丸不含淚意的金丹
> 妳，最後被一爐爐的灰燼掩埋

　　〈我愛你〉的挑戰在稠密度與深度。此詩分為「我愛」及「妳」二部分書寫，由「愛總是飽含淚意」切入，涵蓋爭執、起伏、痛苦、妥協、不捨、分手、思念等諸多淚意湧現的因素。愛，宛如爐火煉丹，九蒸九晒不足，繼之以象徵愛情的玫瑰花莖為柴薪而長期熬，破題所謂「我不知道」其實知道，「一丸不含淚意的金丹」是永難煉成的，然而這就是「我」的「愛」之表現。至於末句「妳，最後被一爐爐的灰燼掩埋」要多少玫瑰柴薪，多少時間方能有一爐爐的愛的灰燼？「掩埋」是淚意的最後阻絕，一段「我愛妳」的回憶開始。

4. 問題與反思

(1)〈回家〉這首詩最令你動容的是哪一部分？為什麼？你曾經在追逐速度的刺激時，想過若你「不在」了，家人會多麼哀痛嗎？

(2)臺灣詩壇中，以「散文詩」名家的詩人有商禽、蘇紹連等，你

知道他們都有哪些散文詩集嗎？讀過這些作品嗎？

（3）何謂散文詩？與一般分行書寫的「自由詩」有何不同？

（4）你曾經有過〈悲傷雨雪兩帖〉這樣的感受嗎？你願意嚐試藉由
　　文字的描繪，一步步捕捉畫面與各種糾結的情緒嗎？

（5）何謂隱題詩？若以三行隱題為例，每一行的書寫應否承擔不同
　　的任務？你能具體區分嗎？

（6）本文的三首隱題詩，你覺得最好的是哪一首？為什麼？你願意
　　試著與同學互相出題競寫，看誰寫得最出色嗎？

主題延伸學習單

〈課文單元─現代詩選〉

班　級		姓　名		學　號		評分	

題目：請以自己的姓名或班上同學姓名，寫一首隱題詩。

山水之美

滿井[1] 遊記

袁宏道

作者

　　袁宏道（1568-1610）字中郎，號石公，湖北公安人，為明朝晚期知名文學家。在文學上反對「文必秦漢，詩必盛唐」的風氣，主張「獨抒性靈，不拘格套」，學者稱為「公安體」。故其詩文重性靈、主妙悟而輕模仿、貴獨創，作品皆清新俊美、情趣盎然。同時與其兄袁宗道、弟袁中道並有才名，合稱「公安三袁」，而其成就最為傑出，洵為公安派的代表人物。

　　袁宏道為萬曆年間進士，曾任吳縣縣令時，在任僅二年，就使一縣大治、吳民大悦。首輔大學士申時行讚嘆説：「二百年來，無此令矣！」官至吏部郎中，在吏部任職時，大膽革除弊政，懲治貪污，一時官風大振。著有《袁中郎集》。

題解

　　袁宏道於神宗萬曆二十年（1592）考中進士，時年二十四；但本人始終無意於仕途，而喜歡訪師求學，遊歷山川。曾辭去吳縣縣令，在蘇、杭一帶遊山玩水，並寫下很多著名的遊記，如〈虎丘記〉、〈初至西湖記〉等。他生性酷愛自然山水，甚至不惜自己冒險登臨。在登山臨水之際，他的思想獲得解放，個性得到飛揚，文學創作的激情也格外

---

[1]　滿井：為明清時期，北京東北角的一處遊覽地；此地有一口古井，「井高於地，泉高於井，四時不落」，因此稱作「滿井」。

高漲。

　　在萬曆二十六年（1598），袁宏道收到在京城任職的哥哥袁宗道的信函，邀他進京；他才肯暫時收斂起遊山玩水的興致，來到北京，而被授予順天府（治所即在北京）教授。第二年，再升爲國子監助教。本文〈滿井遊記〉即寫成於這一年的春天。

本文

滿井遊記

　　　燕[2]地寒，花朝節[3]後，餘寒猶厲[4]。凍風時作[5]，作則飛沙走礫[6]。局促[7]一室之內，欲出不得。每冒風馳行，未百步輒[8]返。

　　　廿二[9]日，天稍和[10]，偕數友出東直[11]。至滿井，高柳夾堤，土

2　燕：音一ㄢ，指現今河北北部、遼寧西部、北京一帶。此一地區原爲周代諸侯國之燕國故地。
3　花朝節：爲中國傳統的節日，又稱花神節，或稱「百花生日」。花朝節與氣候時令關係密切，論節氣，大約在「驚蟄」到「春分」之間；清代以後北方以二月十五日，而南方則以二月十二日爲花朝節，此時春回大地，萬物復甦，草木萌青，百花或含苞或吐綻或盛開之時。而花朝節的風俗，各地也是有所不同；節日期間，人們結伴到郊外遊覽賞花者，稱爲「踏青」，姑娘們剪五色彩紙黏在花枝上者，則稱爲「賞紅」。
4　厲：猛烈。
5　凍風時作：冷冽的風時常刮起。作，起。
6　礫：音ㄌㄧˋ，小石頭。
7　局促：空間狹小。此處引申爲拘束。
8　輒：音ㄓㄜˊ，即、就。
9　廿二：即二十二日，承花朝節說，因此沒寫月份。廿，音ㄋㄧㄢˋ，二十。
10　稍和：稍微暖和。
11　東直：即北京東直門，今在舊城東北角。滿井，約在東直門北三四里。

膏[12] 微潤，一望空闊，若脫籠之鵠[13]。於時[14] 冰皮[15] 始解，波色乍明[16]，鱗浪[17] 層層，清徹見底，晶晶然如鏡之新開[18] 而冷光之乍出於匣[19] 也。山巒爲晴雪所洗[20]，娟然[21] 如拭，鮮妍明媚，如倩女之靧面而髻鬟之始掠也[22]。柳條將舒[23] 未舒，柔梢[24] 披風[25]，麥田淺鬣寸許[26]。遊人雖未盛，泉而茗者，罍而歌者，紅裝而蹇者[27]，亦時時有。風

---

[12] 土膏：土地肥沃。膏，肥沃。

[13] 若脫籠之鵠：好像從籠子裡飛出去的天鵝。鵠，音ㄏㄨˊ，體形似雁而較大，頸長，腳短。行走不便，但在水中能迅速划行，姿態優雅。又能高飛，且鳴聲洪亮。俗稱爲「天鵝」。

[14] 於時：在這時。

[15] 冰皮：冰層，指水面凝結的冰層猶如人之皮膚。

[16] 波色乍明：水波開始發出亮光。波色，水波的顏色。乍，初、始、剛剛。

[17] 鱗浪：像魚鱗似的細浪紋。

[18] 新開：新打開。

[19] 匣：指鏡匣。

[20] 山巒爲晴雪所洗：山巒被晴天所融化的雪水洗淨。爲，被。晴雪，晴空之下的積雪。

[21] 娟然：美好的樣子。娟，美好。

[22] 如倩女之靧面而髻鬟之始掠也：像美麗的少女洗好了臉，剛梳好髻鬟一樣。倩女，美麗的女子。靧，音ㄏㄨㄟˋ，洗臉。髻鬟，婦女頭髮挽成中空環形的一種髮髻。掠，輕拂、輕拭而過；此指梳理過。

[23] 舒：伸展。

[24] 梢：樹枝的末端。此指柳梢。

[25] 披風：在風中散開。

[26] 麥田淺鬣寸許：意思是麥苗高一寸左右。鬣，音ㄌㄧㄝˋ，獸頸上的長毛。此形容不高的麥苗。

[27] 泉而茗者，罍而歌者，紅裝而蹇者：汲泉水煮茶喝的，端著酒杯唱歌的，穿著豔裝騎驢的。茗，指煮茶。罍，指端著酒杯。蹇，指騎驢。此處泉、茗、罍、蹇，都是名詞作動詞用。

力雖[28]尚勁[29]，然徒步則汗出浹[30]背。凡曝沙之鳥，呷浪之鱗[31]，悠然自得，毛羽鱗鬣[32]之間皆有喜氣。始知郊田之外，未始無春[33]，而城居者未之知也。

　　夫[34]能不以遊墮事[35]，而瀟然[36]於山石草木之間者，惟此官[37]也。而此地適[38]與余近，余之遊將自此始，惡能[39]無紀！己亥[40]之二月也。

---

[28] 雖：雖然。這裡的雖是指雖然，而不是即使。

[29] 勁：猛、強有力。

[30] 浹：濕透。

[31] 曝沙之鳥，呷浪之鱗：在沙灘上曬太陽的鳥，浮到水面戲水的魚。曝，音ㄆㄨˋ，在陽光底下晒。呷，音ㄒㄧㄚˊ，喝、飲，這裡用其引申義。鱗，借代魚。

[32] 毛羽鱗鬣：毛，指虎狼獸類；羽，指鳥類；鱗，指魚類和爬行動物；鬣，指馬一類動物。合起來，泛指一切動物。

[33] 未始無春：未嘗沒有春天。這是針對第一段「燕地寒」等語說的。

[34] 夫：用於句子開頭，可翻譯爲大概。

[35] 墮事：耽誤公事。墮，音ㄉㄨㄛˋ，怠慢；此指耽誤。

[36] 瀟然：灑脫不羈的樣子。

[37] 此官：當時作者擔任順天府儒學教授，是個閒職。

[38] 適：恰巧。

[39] 惡能：怎能。惡，音ㄨ，怎麼、如何。

[40] 己亥：明萬曆二十七年（西元 1599 年）。

延伸閱讀

1. Tony（黃育智）（2016），《猴硐旅行地圖》。臺北：南港山文史工作室。
2. 袁宗道（2015），《袁宗道文選》。臺北：南港山文史工作室。
3. Tony（黃育智）（2015），《平溪旅行地圖》。臺北：南港山文史工作室。
4. Tony（黃育智）（2015），《瑞芳老街旅行地圖》。臺北：南港山文史工作室。
5. 張遵旭（2015），《臺灣遊記》。臺北：南港山文史工作室。

主題延伸學習單

〈課文單元—滿井遊記〉

班 級		姓 名		學 號		評分	

題目：請介紹一處山水名勝（含其地理位置及特色等），並寫出自己曾親歷其
境的心得感受。

介紹一處山水名勝（含其地理位置及特色等）	
寫出自己曾親歷其境的心得感受	

山與海的賦格曲——東海岸鐵路

郝譽翔

作者

　　郝譽翔（1969~）出生於高雄市，祖籍山東平度縣，臺灣大學中文系博士，現任教於臺北教育大學，並從事寫作工作。創作以小説為主，兼有散文及劇本。小説被歸類為女性都市文學的代表；題材層面廣泛，擅長以細膩的筆觸書寫情色主題與自我挖掘，常環繞在「命運」的關懷與叩問，透過人物自我檢視，深入人生的無奈；文字的表現上富有音樂性及節奏感，同時注重故事性與畫面經營。而散文多為書寫生活經驗和內心感受，以一種客觀超然的姿態呈現內心思想。近年來又著手經營旅行文學，風格幽微細膩且深刻。其著作小説有《那年夏天，最寧靜的海》、《初戀安妮》、《逆旅》、《洗》；散文有《衣櫃裡的秘密旅行》；電影劇本有《松鼠自殺事件》。學術論著有《情慾世紀末——當代台灣女性小説論》、《儺：中國儀式劇場之研究》、《目連戲中庶民文化之研究》；編有《當代台灣文學教程：小説讀本》等。曾獲聯合文學小説新人獎、時報文學獎、台北文學獎、新聞局電影劇本獎等。小説《那年夏天，最寧靜的海》曾獲得中國時報開卷 2005 年十大好書。

題解

　　本篇〈山與海的賦格曲——東海岸鐵路〉選自《旅行臺灣——名人說自己的故事》，作者以北迴鐵路作為寫作縱軸線，寫下沿著鐵路所見到東海岸之美麗青山與遼闊海洋。以青山與海洋作為主旋律，筆鋒寄寓

溫馨，譜出一首綺麗動聽的交響曲。海洋的浩渺足以療癒人們的心靈；青山的奇峻，當可壯闊人們的胸襟。自古以來，山水佳篇總是讓人讀後，蕩氣迴腸、心曠神怡。

「賦格曲」是一種利用主旋律再不斷地將其變化，以組構成較長的樂曲，同時透過主旋律的變化發展，達到強化樂曲的張力與深度。本文每段的段落大意：第 1 段：作者認爲北迴線是他平生所見過最美的一段鐵路。第 2 段寫隨著鐵路的景色變化，作者心情也隨之愉快。第 3 段寫沿途所經過的小火車站，令人發思古之幽情。第 4 段寫東北角的美麗山景誘人下車賞玩。第 5 段寫臺灣多山，奇形怪狀的石頭是大自然送給臺灣的寶貝。第 6 段寫東北角之人文風情，令人嚮往。第 7 段寫過福隆車站後出現海岸線。第 8 段寫東海岸開闊海景。第 9 段寫北迴線被山與海所簇擁。第 10 段寫作者憶起獨遊七星潭的心情。第 11 段呼應首段，肯定北迴線是最美的一段鐵路。

本文　　　　　　　　**山與海的賦格曲——東海岸鐵路**

　　我總以爲，從臺北到花蓮的北迴線[1]，是我生平中所見過的、最美麗的一段鐵路。

　　在短短的兩、三個小時車程之內，北迴線不但歷經了現代化的大城市、山中的市鎮、濱海的小城，更穿越了高聳壯麗的山脈，乃至於一望無際的藍色太平洋。也因此，每當我一搭上北迴線火車，望向窗外，隨著景色的變化，我的心情便要忍不住跟著

---

[1] 北迴線：又稱爲北迴鐵路，是指蘇澳新站至花蓮間，爲臺灣「十大建設」之一。在北迴線興建之前，自花蓮至臺東的臺東線一直都是獨立營運，未能與西部幹線相互連結。旅客往來臺北花蓮需於蘇澳車站轉乘公路局班車經由蘇花公路，甚至搭乘往來基隆花蓮兩港的客船。本文泛指從臺北到花蓮一段。

明亮而愉快起來。

　　火車一離開松山站，不出二十分鐘左右，就會告別了城市中密密麻麻的樓房，而進入東北角一帶的山巒[2]。我特別喜歡這一帶的小火車站，它們距離城市並不遠，但卻又因地形的天然屏障[3]，而與世隔絕似的，全無一點喧囂[4]氣味，總是靜靜地沈睡在山谷之間。而這些小火車站也都有一個好聽的站名：瑞芳[5]、侯硐[6]、三貂嶺[7]、牡丹[8]、雙溪[9]……，不知道爲了什麼，我總覺得這些名字格外具有古意[10]，散發出一股歷史的神秘和滄桑[11]之感，讓人不禁要回憶起，數百年前臺灣的移民也正是經由此地，翻山越嶺，去到

2　巒：音ㄌㄨㄢˊ。連綿不斷的山群。

3　屏障：像屏風一樣有遮蔽保衛作用的東西，通常指山嶺、島嶼、河流或大型物體等。

4　喧囂：音ㄒㄩㄢ ㄒㄧㄠ。喧譁吵鬧。

5　瑞芳：位於新北市東部瑞芳區內，基隆河集水區中、上游爲基隆河主流流經地區。地形上處三面環山、一面臨海，境內群山圍繞，平野稀少，屬於中央山脈最北緣的基隆丘陵及臺灣東北角海岸。昔日以礦業繁華一時；近年停採後發展出以礦業文化爲中心的觀光業。

6　侯硐：音ㄏㄡˊ ㄊㄨㄥˊ。「侯硐」，古名「猴硐」（巴賽語：rutung），位於臺鐵平溪線上，是臺灣東北角一饒富人文氣息、景緻優美的小山城，比起九份，如今的侯硐顯得樸實而淳美。目前侯硐未有發展成型的商圈，連商家聚落都很少，商業內需和外需均弱。

7　三貂嶺：位於新北市瑞芳區，宜蘭線鐵路上的一個小站；宜蘭線鐵路與平溪線鐵路在此交會。

8　牡丹：位於新北市雙溪區。

9　雙溪：屬於新北市下轄的雙溪區內，位於新北市東部，境內多山。牡丹溪及平林溪在區境內交會，因此得名雙溪。

10　古意：懷舊之感。

11　滄桑：比喻世事變化無常。

蘭陽平原[12]開墾。在這一條荒僻的古道上，山嵐[13]和雲霧終年繚繞不去，孕育出了數不清的鬼怪故事、迷信、傳說和諺語[14]，想著想著，又益發[15]令我感覺到這裡的傳奇和美麗了。

　　如今，這些山中的小站只有慢車才會停靠，乘客不多，更顯得十分安寧，默默地躺在山的綠色懷抱裡，或是被多石的淙淙[16]小溪所環繞。四周的地勢起伏多變，山脈切割出來一道又一道深長的峽谷，更是為這些小站的月台憑添了一股說不出的幽深，使我有了下車一遊的衝動，心想，就算是光踏一踏那些灰白色的月台也好。

　　不過，即使不下車，觀看窗外的風景，也是極為賞心悅目[17]的一件樂事了。來到這裡，才會恍然大悟[18]，臺灣果然是一個多山的小島。它的山巒連綿，無數的尖峰交錯矗立[19]，層層疊疊，每隔一小段路，便會見到小溪從兩座山谷之間竄出[20]，嘩啦啦地流淌[21]

---

[12] 蘭陽平原：又稱宜蘭平原、噶瑪蘭平原，是臺灣東部最早開發的地區。位於臺灣東北部的宜蘭縣境內，是一個面積約有 320 平方公里的小型平原，也是臺灣第三大的平原（僅次於嘉南平原及屏東平原）；主要由蘭陽溪沖積和地型升高造成，屬沖積扇平原。平原南北端各有烏石漁港及蘇澳港兩處港口，在早期為平原對外的重要口岸，今日已開發成為觀光漁港與商港。

[13] 山嵐：山中的霧氣。嵐，音ㄌㄢˊ。

[14] 諺語：流傳的俗語。形式上，句子簡短，音調和諧，內容包含食衣住行，各行各業人情世態等，能反映出道理。如「有志者事竟成」、「聰明一世，糊塗一時」等屬之。

[15] 益發：更加。

[16] 淙淙：音ㄘㄨㄥˊ ㄘㄨㄥˊ。狀聲詞。形容流水聲。

[17] 賞心悅目：因欣賞到美好的情景而心情舒暢。

[18] 恍然大悟：心裡忽然明白。恍，音ㄏㄨㄤˇ。

[19] 矗立：高聳直立。矗，音ㄔㄨˋ。

[20] 竄出：跑進跑出。竄，音ㄘㄨㄢˋ。

[21] 淌：流下、流出。淌，音ㄊㄤˇ。

著，狹窄的河床上佈滿了大小不一的石頭，而在邊上沖積出了大片的石灘，陽光照耀下來，這些石頭竟是非常之乾淨，光滑，閃耀出有如珍珠般的光澤。而這些石頭是大自然送給島嶼的寶貝。許多民眾最喜歡到河床上來撿拾，專挑些奇形怪狀的，拿回家，作爲自己的秘密珍藏。

　　順著鐵路線，火車穿越東北角山區，我不僅喜愛沿途的大自然美景，更愛它散發出來的生活氣息。山坳處，偶然出現十來戶人家的小鎮，房舍簇擁在一起，門前開出了一條小小的、無人的柏油馬路。屋子的牆外環繞著一塊塊的菜圃、果園、絲瓜藤架，還有綠油油的水田，白鷺鷥[22]成群地停在田地中央，或是張開翅膀，以不疾不徐[23]的姿態，遨翔[24]在半空之中。而再向前走遠一點，便會出現了一座小小的廟宇，張開彩色的閩南式飛簷，廟門口擺著一座大香爐，成爲這一帶最鮮豔、最搶眼的建築。但即便如此，那廟仍然是安分守己的，不卑不亢[25]的，故反倒更襯托[26]出這裡的一切人、事與物，都是如此的寧靜與和諧了。

　　屈指算一算，這兒距離臺北，也才不過是一個小時的車程哪，卻彷彿來到了另外一個世界。於是火車再繼續前行，過了福隆[27]站，遼闊無邊的太平洋便會乍現[28]在眼前。那鐵軌距離大海如此之近，人坐在車裡，幾乎可以呼吸到海洋新鮮的氣息。而火車

---

[22] 白鷺鷥：體長約 56cm，全身羽毛白色，細長黑喙；黑腿，黃腳掌，春夏多活動於湖沼岸邊、水田、河岸、沙灘、泥灘及沿海小溪流，成散群出現。

[23] 不疾不徐：不快不慢，形容能掌握事情進展的適當節奏。

[24] 遨翔：逍遙自在的飛行。遨，音ㄠˊ。

[25] 不卑不亢：形容處事待人態度得體，不傲慢、不卑屈，恰到好處。亢，音ㄎㄤˋ。

[26] 襯托：用另一事物暗示，以顯露本意。

[27] 福隆：位於新北市貢寮區內。

[28] 乍現：突然出現、顯現。乍，音ㄓㄚˋ。

再往前行，過了宜蘭、蘇澳[29]，進入一條長長的隧道之後，一出隧道口，陽光便會嘩的一聲潑灑下來，一剎那間，夏天的蔚藍[30]海洋迎面撲來，綻放出閃爍的金光。

每一次，我總會產生一種錯覺，以為火車出了隧道之後，便是來到了夏天，也因此，花蓮的太平洋是屬於夏天的，開朗、大器、大方，而白色的海浪捲動著光潔的鵝卵石，發出了嘩啦啦的聲響，更讓人想起了孩子們天真的歡唱。來到花蓮，不僅海洋壯闊、澎湃[31]，就連山巒，也展現出中央山脈雄偉的氣勢來。我往往必須得仰起脖子，將臉貼到火車窗戶的玻璃上，才能夠看見山壁高聳的頂端。

左邊是海，右邊是山。這是一條被山與海所護衛著的鐵道。一首由山與海所組成的賦格曲。雲霧從山腰之處冉冉[32]升起，或是從空中飄降，緩緩地，若有所思地，停駐在半山腰上。

曾經，我在無人的午後，細細地獨自踩踏過這裡的海岸，尋找屬於我一人的秘密基地。而七星潭是屬於觀光客的，我更偏愛的，卻是位在七星潭北邊的一片被木麻黃[33]林所庇護著小小的海灘，旁邊有一座小小的村落，以及一間小小的警察局。我曾經躺

---

[29] 蘇澳：蘇澳位於宜蘭縣蘇澳鎮，在蘭陽平原南端的蘇澳灣內，東臨太平洋，是一個地理形勢十分優良的天然港口。

[30] 蔚藍：深藍色。

[31] 澎湃：音ㄆㄥ ㄆㄞˋ。波濤相衝擊的聲音或氣勢。

[32] 冉冉：音ㄖㄢˇ ㄖㄢˇ。緩慢行進的樣子。

[33] 木麻黃：常綠喬木，高可達 20 米；灰綠色小枝細軟，頗似針葉，多節，是最佳的防風林，可植於海邊，樹高且堅硬。因生長迅速，抗風力強，是中國南方濱海防風固林的常見樹種之一。

在這裡的石灘上，望向清水斷崖[34]，還有頭頂上方藍到發白的天空，讓海風灌滿了自己的衣裳。數百隻烏鴉棲息在木麻黃林上，風一吹來，牠們便會迎風飛起，嘎嘎[35]地大聲嚎叫，等到風一停住，牠們又會翩翩地、陸續地落回枝頭之上。花蓮的軍事基地就在不遠處，天空中，偶爾有戰鬥機起降，當機身緊貼著海水上方掠過[36]之時，整個空氣都為之轟隆震動，朝向四面八方碎裂開來。而我躺著在石灘上面，閉著眼睛，感受到身體也忍不住要隨之顫抖[37]。

　　顫抖，在山與海的交響之下。然後，太陽落下，黑夜悄悄地覆蓋了大地，月亮高掛在空中，在太平洋上形成了一道皎潔[38]的光帶。海上生明月，而火車仍不停歇地在山與海的中間奔馳著，低吟著，日以繼夜，夜以繼日，就在島嶼邊緣的一條最最美麗的鐵路之上。

---

34 清水斷崖：是臺灣蘇花公路沿線最著名的景點；範圍大致北起和仁臨海短隧道，南至崇德隧道南口，長約九公里，自海平面直上海拔 2,408 公尺之清水山，峭壁穿雲，波瀾壯闊，美不勝收。

35 嘎嘎：音ㄍㄚ ㄍㄚ。狀聲詞，形容鳥鳴聲。

36 掠過：輕拂、輕拭而過。掠，音ㄌㄩㄝˋ。

37 顫抖：音ㄓㄢˋ ㄉㄡˇ。身體抖動。

38 皎潔：光明潔白。皎，音ㄐㄧㄠˇ。

本文選自蔣勳等著（2008）《旅行臺灣：名人說自己的故事》。臺北：時報文化。
本文由郝譽翔教授授權使用。

延伸閱讀

1. 蔣勳等著（2008），〈嚴長壽：漫遊，花蓮〉，收錄於《旅行臺灣：名人說自己的故事》。臺北：時報文化。

2. 蔣勳等著（2008），〈羅智成：十一號公路〉，收錄於《旅行臺灣：名人說自己的故事》。臺北：時報文化。

主題延伸學習單

〈課文單元—山與海的賦格曲：東海岸鐵路〉

班 級		姓 名		學 號		評分	
題目：宜蘭有花海節、國際童玩節，花蓮有翔翔季，臺東有熱氣球嘉年華等活動，請你也為自己的故鄉設計規劃一主題活動，以吸引觀光客到故鄉旅遊。							

活動主題	
活動導覽設計：文宣、吉祥物、LOGO設計	

人物風采

臨床講義

蔣渭水

作者

　　蔣渭水（1891-1931），字雪谷，臺灣宜蘭人，畢業於臺灣總督府醫學校（臺大前身），畢業後在臺北行醫，曾在臺北大稻埕太平町（今延平北路）開設大安醫院。就學期間，因認同孫中山先生革命理念，充滿感時憂國的民族意識。為反制日本當局對臺灣文化的消滅與同化，極力提振文化與教育的啟蒙運動，以爭取臺灣人民的公平福祉、堅持文化教育的傳承理念。

　　1920 年代，蔣渭水先後成立第一個全臺性的文化組織「臺灣文化協會」、第一份臺灣人專屬的《臺灣民報》、第一個具有現代意義的政黨「臺灣民眾黨」、以及第一個全臺性的工會組織「臺灣工友總聯盟」，領導臺灣進行非武裝的抗日民族運動。1921 年因「治警事件」先後被拘留 60 天，復被判刑入獄 80 天，曾作〈獄中日記〉、〈獄中隨筆〉寄情抒懷。蔣渭水曾留下激勵人心的名言：「同胞須團結，團結真有力！」是日治時期最重要的民族運動領導者，被譽為「臺灣的孫中山」。他一生捐資奔走，皆為反抗日本不平等統治、爭取臺灣人民自由平等權利。1931 年 8 月 5 日因感染傷寒驟然病逝，得年四十一歲。

題解

　　〈臨床講義──關於臺灣這個患者〉一文，選自《蔣渭水傳──臺灣的先知先覺者》，原文以日文書寫，發表於 1921 年《文化協會第一號

會報》。身為文化協會《會報》編輯暨發行人，蔣渭水以其醫學背景，以診斷書形式書寫，發表〈臨床講義〉一文，為日本治理下的臺灣開出了「智識營養不良症」的診斷書。旨在針砭臺灣的民情習性，以及時局變遷造成的社會變動。指出臺灣在文化傳承的基礎上，歷經不同政權的統治管理，逐漸由「聖賢的後裔，故有強健天資聰明的素質」轉而出現世道卑劣、人心怠慢的「知識營養不良症」現象，以致成為「世界文化的低能兒」。

　　本著感時憂民的醫者本色，蔣渭水為臺灣前途開立診斷書，將臺灣比喻為患者，以「主治醫師」立場，指出臺灣人所患的病，是「智識的營養不良症」，除非服下智識的營養品，否則是萬萬不能治癒的，而文化運動便是針對此症狀唯一的根本療法，文化協會就是專門講究並施行原因療法的機關。故於 1921 年 10 月發起組成「臺灣文化協會」，並在文化協會的第一期會報上，針對臺灣「營養不良」、「文化低能」現象，主張臺灣人的解放，必須要從改造文化知識開始，繼而開出振興起弊的五味教育藥方：興辦學校教育、補習教育、幼兒園、圖書館與讀報社等，以治療「知識營養不良症」的臺灣。

　　〈臨床講義〉這篇診斷書形式的散文，掀起臺灣首次大規模的文化啟蒙運動，深具時代意義與原創性，被評為日治時期臺灣文學的經典之作。臺灣文學館館長林瑞明更在〈感慨悲歌皆為鯤島〉文中讚譽〈臨床講義〉是「臺灣的政治文獻，亦是獨一無二，絕妙的文學作品」。

本文

患者：臺灣。

姓名：臺灣島。

性別：男。

年齡：移籍[1] 現住址已有二十七歲。

原籍：中華民國福建省臺灣道[2]。

現住所[3]：日本帝國臺灣總督府。

番地[4]：東經 120 ～ 122 度，北緯 22 ～ 25 度。

職業：世界和平第一關門的守衛[5]。

遺傳：明顯地具有黃帝、周公、孔子、孟子等血統。

素質：爲上述聖賢後裔，素質強健，天資聰穎。

既往症[6]：幼年時（即鄭成功時代），身體頗爲強壯，頭腦明晰，意志堅強，品行高尚，身手矯健。自入清朝，因受政策毒害，身體逐漸衰弱，意志薄弱，品行卑劣，節操低下。轉居日本帝國後，

---

[1] 移籍：指因甲午戰爭失利，清廷簽訂馬關條約，將臺灣割讓給日本，臺灣因而歸屬日本殖民地。

[2] 臺灣道：滿清時期，臺灣在尙未建省之前，隸屬於福建省臺灣道。

[3] 現住所：日語，地址。

[4] 番地：日語，指門牌號碼。

[5] 世界和平第一關門的守衛：蔣渭水認爲「世界和平」的前提條件是「亞洲和平」，而「亞洲和平」的前提條件爲「日華親善」。臺灣人身兼炎黃子孫又是日本國民，與兩國均有密接關係，故最適合扮演促進「日華親善」的媒介。在〈小引、五年以前的我〉（《臺灣民報》第六十七號，1925 年 8 月 26 日）中曾指出：「臺灣人負有做媒介日華親善的使命，日華親善是亞細亞民族聯盟的前提，亞細亞民族聯盟，是世界平和的前提，世界平和是全人類的最大幸福，又且是全人類的最大願望。」故稱臺灣人是掌握著世界平和的第一道關門。

[6] 既往症：日語，過去的病歷。

接受不完全的治療[7]，稍見恢復，唯因慢性中毒長達二百年之久，不易霍然而瘉。

現症[8]：道德頹廢，人心澆漓[9]，物欲旺盛，精神生活貧瘠[10]，風俗醜陋[11]，迷信深固，頑迷不悟，罔顧衛生[12]，智慮淺薄，不知永久大計，只圖眼前小利，墮落怠惰，腐敗、卑屈、怠慢[13]、虛榮、寡廉鮮恥、四肢倦怠、惰氣滿滿、意氣消沉，了無生氣。

7　不完全治療：日本在治理臺灣期間，曾進行土地、戶口、風俗習慣調查、推廣國民教育、及改善醫療衛生條件；並大力進行交通、河渠及都市規劃等基礎建設。但主要目的在強化對臺灣的秩序管理，並輸出臺灣資源，以提供日本母國的經濟利益。對臺灣人並未給予平等的對待，對社會陋習及弊端亦未進行根本性的改革，故蔣渭水稱之爲「不完全治療」。

8　現症：目前的病症。

9　澆漓：社會風氣浮誇、輕薄，人心刻薄、無情。

10　精神生活貧瘠：指意志薄弱、缺乏理想。蔣渭水於〈臺灣文化協會創立經過報告〉提出當時的社會陋習：「道德殘缺、社會制裁低落、人人唯利是圖、迷信嚴重、風俗卑劣且甚爲缺乏衛生觀念」等。並慨嘆「所謂有識階級者，多數意志薄弱，並無堅定的信念亦無高遠的理想，只管理首於物質生活而無餘念」，以致「充斥著墮落、腐敗怠慢、卑屈、寡廉鮮恥等難以收拾的缺點」。

11　風俗醜陋：民風習俗低俗淺陋。蔣渭水在〈臺灣民眾黨的指導原理與工作〉主張改除社會制度之陋陷，就是要「改革社會之陋習，實行男女平權，確立社會生活之自由」、「迷信根除，迎神建醮的浪費，冠婚葬祭的奢侈，阿（鴉）片的中毒」等，皆在應革除之列。

12　衛生：本文指廣義的衛生論點。蔣渭水將衛生納入社會興革的項目，不僅側重在醫學衛生層面，更涵蓋政治改革的理念。在〈廣義的衛生論〉中提出：「凡保衛生命之事項皆是衛生，故政治亦是廣義衛生之一。……以醫治與政治同樣帶有『治』字，故醫治與政治皆衛生之道也。」說明身爲醫生，在診斷過程中，必須經過患者、家屬，乃至社會大眾的密切關注。同理，身爲診治社會弊病、管理社會大眾的政治人物，亦需謹愼行事，以接受社會大眾的檢視。

13　怠慢：此處指輕忽精神生活的重要。蔣渭水在〈五年以前的我〉曾反省 1916 年開設大安醫院五年後的生活，是一種「怠慢、無意義的生活」。他說：「我一生白白地做物質上的生活過日——動物的本能生活——醉生夢死的生活，而精神上的生活、眞正做人的生活將消滅去了。」感嘆其行醫經商過程，努力追求物質生活，但對眞正成就做人的精神生活，卻因怠忽而「消滅去了」。

主訴：頭痛、眩暈、腹內飢餓感[14]。

最初診察患者時，以其頭較身大，理應富於思考力，但以二、三常識問題試加詢問，其回答卻不得要領，可想像患者是個低能兒。頭骨雖大，內容空虛，腦髓並不充實；聞及稍微深入的哲學、數學、科學及世界大勢，便目暈頭痛。

此外，手足碩長發達，這是過度勞動所致。其次診視腹部，發現腹部纖細凹陷，一如已產婦人，腹壁發皺，留有白線[15]。這大概是大正五年[16]歐陸大戰以來，因一時僥倖，腹部頓形肥大[17]，但自去夏吹起講和之風，腸部即染感冒，又在嚴重的下痢摧殘[18]下，使原本極為擴張的腹壁急劇縮小所引起的。

診斷：世界文化的低能兒。

原因：智識的營養不良[19]。

經過：慢性疾病，時日頗長。

預斷：因素質純良，若能施以適當療法，尚可迅速治療。反之，若療法錯誤，遷延時日，有病入膏肓死亡之虞。

---

[14] 腹內飢餓感：欲望強烈，不知滿足。

[15] 腹壁發皺，留有白線：指婦女懷孕生產後，腹部留下白色紋路，即「妊娠紋」。

[16] 大正五年：西元 1916 年，時正發生第一次世界大戰。

[17] 一時僥倖，腹部頓形肥大：指日本在甲午戰爭和日俄戰爭相繼戰勝後，復於一次世界大戰加入協約國，1914 年向德國宣戰，隨後攻佔青島、侵佔原屬德國勢力範圍的中國膠州灣與山東半島。臺灣時為日本殖民地，亦感染日本僥倖戰勝的自我膨脹。

[18] 1920 年（民國九年，日本大正九年）國際聯盟成立，日本原擬強行接收德國在山東的殖民權益，卻在國際輿論壓力下，不得悻然放棄的挫敗。

[19] 智識的營養不良：日本治理臺灣期間，實施差別待遇，限制言論自由，並利用皇民化教育以同化人民思想，以致造成臺灣人民有話不敢自由表達，一味聽命於他人，欠缺知識與判斷力。

療法：原因療法[20]，即根本治療。

處方

正規學校教育[21]　　　最大量

補習教育　　　　　　最大量

幼稚園　　　　　　　最大量

圖書館　　　　　　　最大量

讀報社[22]　　　　　　最大量

若能調和上述各劑，迅速服用，可以二十年內根治。

尚有其他特效藥品，此處從略。

大正十年（一九二一年）十一月三十日

主治醫師　蔣　渭　水

---

[20] 原因療法：醫學術語，即「根本治療法」。蔣渭水深感社會風俗墮落、人心壞
敗等寡廉鮮恥的弊病，主張根治病因，必須採行「知識的營養療法」的根本療
法。「文化振興運動」就是醫治的過程，「臺灣文化協會」即是原因療法的專家。

[21] 正規學校教育：針對患了「知識的營養不良症」的臺灣，蔣渭水強調文化啟蒙
的必要，認為教育是國家最重要的事業，國民文化的高低，全賴乎教育普及與
否。針對日本當局不獎勵設校，壓迫私人興學，漠視台人文盲嚴重的愚民政
策，蔣渭水大力推廣透過學校教育與社會教育，藉由補習教育、成人教育、幼
稚園、圖書館等，以啟蒙臺灣民眾的文化與教育；並透過演講、研習等文化活
動，冀能啟迪民智，散播新思潮的種子，教育民主的素養。

[22] 「讀報社」：張貼報紙提供大眾閱覽，亦有提供專人解說服務。蔣渭水認為「讀
報社」對於推廣民智具有很大效力，且因設置手續簡單、經費減省，創設很容
易。因此，希望大眾能夠積極設立讀報社，以發揮教育化民的文化使命。

本文選自黃煌雄著（1999），《蔣渭水傳──台灣的先知先覺者》。臺北：前衛。
本文由蔣渭水文化基金會授權使用。

延伸閱讀

1. 蔣朝根（2014），《蔣渭水先生全集》。臺北：國史館。
2. 戴月芳（2014），《蔣渭水 VS 林獻堂》。臺北：五南圖書公司。
3. 邱秀芷（2011），《臺灣民族運動的火車頭：蔣渭水傳》。臺北：臺北市文化局。
4. 蔣燕美（2009），《臺灣先賢系列　涇渭分明水長流──蔣渭水小傳》。臺北：國父紀念館。
5. 蔣朝根（2006），《蔣渭水留真集》（精裝，附光碟）。臺北：臺北市政府文獻委員會。
6. 黃煌雄（2006），《蔣渭水傳──臺灣的孫中山》。臺北：時報出版公司。
7. 黃煌雄（1992），《蔣渭水傳──臺灣的先知先覺者》。臺北：前衛出版社。
8. 《蔣渭水和他的時代》DVD，沙鷗國際多媒體股份有限公司，2016 出版。
9. 冉天豪（2011），《渭水春風》臺灣音樂劇三部曲，音樂時代。見公視表演廳，https://www.youtube.com/watch?v=h1b_roe8Pqc
10. 楊士平、楊忠衡、冉天豪（2009），《四月望雨》臺灣音樂劇首部曲，音樂時代。
11. 蔣渭水文化基金會網站：「文化頭與臺灣人救主：蔣渭水」，http://weishui.org/index-3.html

主題延伸學習單

〈課文單元—臨床講義〉

班　級		姓　名		學　號		評分	

題目：「臺灣現狀臨床講義」

　　請參考本課課文，亦以診斷書形式，寫出你所觀察到的臺灣現況。

珍愛最是第一聲——
記北京書人謝其章

傅月庵

作者

　　傅月庵，本名林皎宏，臺灣臺北人，1960 年生，臺北工專畢業，臺灣大學歷史研究所肄業。曾任出版社編輯、主編、總編輯，現任茉莉二手書店執行總監。1998 年起在「遠流博識網」以「蠹魚頭」、「傅月庵」兩筆名發表書話文章，廣涉書籍與閱讀，談書、談作家、談閱讀，受到兩岸三地人士矚目，文章散見兩岸三地報紙期刊，傅月庵以「書人」自許，而所謂書人者：「以書維生之人也，醒即抓書，如廁讀書，等車看書，上班編書，下班買書，燈下找書翻書寫書，事事皆書。」著有《生涯一蠹魚》、《蠹魚頭的舊書店地圖》、《天上大風》、《我書》、《書人行腳》等。

題解

　　本文選自《天上大風》，是以人物為主的報導文學，作者文筆在細緻平實中有著迷人韻味，題目「珍愛最是第一聲」，即帶有懸念而能吸引讀者閱讀，所謂「第一聲」指的是雜誌的「創刊號」，並以此來記北京書人謝其章對於雜誌的狂熱收藏。古人言「亂世買黃金，盛世興收藏」，在如今的太平盛世，投入收藏而有興趣的人愈來愈多，而在本文中，作者藉由謝其章的收藏理念和經歷，娓娓道來有收藏嗜好者應把握之至理，如收藏時不能「以書廢人」，也用不著「趨炎附勢」，最好是憑藉興趣，堅持數年，必有好處。而收藏過程的關鍵重點是在且收且讀之

中，要把心得寫出來，與大家分享。所以成功的收藏者一定「藏寫」並
舉，透過文字，將收藏的體會傳遞給更多同好，讓大家一起分享受益；
而感悟最深的是文末畫龍點睛的話語：「人生所值得收藏、珍貴者，說
到底，往往也不過就是一種『觸動生命的念想、渴望』而已吧。」

本文　　　　　珍愛最是第一聲——記北京書人謝其章

　　林語堂評論中國人的圓熟性格，其中有一項名為「老滑俏
皮」，乍看內涵難明，但假如你到北京琉璃廠[1]附近的餐館，親
眼看到謝其章與友人檢視「本日戰利品」，一面指點所獲古舊書
刊、典籍的品相價格、優劣得失，一面還不忘挑剔酢醬麵作法、
餐廳服務態度，侃侃而談，莊諧[2]盡出，說得滿座盡歡，誰都甘拜
下風時，你大概就會知道「老滑俏皮」是什麼了。王朔[3]說，北京
人愛「侃大山」[4]，最高段者在於堅持「永遠的反對派」精神，謝其
章當已盡得其精髓。

只當狀元，不稱大王

　　雖然已經出過三本討論收藏老雜誌的專書，雖然早被評為北
京「藏書狀元」，雖然名滿琉璃廠、報國寺、潘家園[5]，但謝其章

1　琉璃廠：位於北京市西城區南部，琉璃廠是北京市著名的傳統文化商業街，以
　經營古籍字畫、文房四寶、文物玉器而聞名。
2　莊諧：正經嚴肅及談笑詼諧的話語。
3　王朔：中國著名作家、編劇，出版有《看上去很美》、《王朔文集》、《王朔自選
　集》等。
4　侃大山：指漫無邊際地閒談聊天。
5　琉璃廠、報國寺、潘家園：指北京最主要的三處古玩文化市場。

還是有點兒忌諱人家稱他「雜誌大王」。原因是，據他謙稱，上海、北京比他收藏多的、好的，大有人在，「我這點兒算什麼！」所以頂多能稱「大戶」，不能封「大王」。實際原因，卻很可能是他寫過以搜羅期刊著名，北京琉璃廠松筠閣主人劉殿文的故事，雅不願僭越前輩「雜誌大王」這一名號。「人情練達，心中自有主張」，這也是謝其章格外讓人樂於親近的地方。

謝其章是寧波人，生於上海，長於北京。「老三屆」（一九六六、六七、六八 這三屆的中學畢業生）出身的他，早早被插隊落戶[6]到內蒙大草原放羊墾荒，直到一九七六 年毛澤東過世後，才獲准返回北京，當上了一個小會計。會走上「報紙期刊收藏」這條路，純屬偶然。他從小愛看報，不論到哪裡，總是搶著報紙看，非要自己第一個看完，才肯放給別人，因而有了「報癖」的外號。愛看、常看，貪念頓起，很多好文章乾脆收下獨吞了。一九七九年改革開放之後，上海文藝出版社出版《文化與生活》雜誌，一刊難求，還得走後門、憑介紹信，才到得了手。因為稀罕難得，看完捨不得丟，存得多了，加上報紙，為了興趣，謝其章竟不自覺走上「收藏之途」了。

「內閣」穩定最重要

謝其章收藏之多，初次應邀到他家的人都會嚇一跳。書架、書櫃就不用說了，上天入地，桌底櫃上、箱中篋底，隨說隨翻，都能找出一疊疊的「家珍」，津津而道。最讓人訝異的是，這些出刊已有幾十年、甚至近百年的報刊雜誌，非但疊置得整整齊齊，而且品相完好，許多根本觸手如新，幾乎看不出歲月痕跡。

6　插隊落戶：導因於中國大陸 1966 年至 1976 年「文化大革命」的政治運動。

「品相最重要！」爲了這幾個字，謝其章不但學會補書，還會自製書桌、書櫃，以便好好侍候這些「領回的孤兒」。據他稱，買回的每一本書，先要翻弄擦拭一番，檢查有無缺頁（尤其版權頁），然後登記造冊，需要修補的，則再慢慢判斷紙質、謹愼補綴，以免佛頭著糞[7]，壞了大事。他比手劃腳，說得理直氣壯、口沫橫飛，小小書齋驟然明亮起來，一時竟讓人分不清是秋日雨雲初霽[8]，或是「書人」燃燒時所煥散出的獨特光芒了。

收藏之人，常會因「自得其樂，玩物喪志」，導致家庭不睦。謝其章對此特別有感觸，常時戒備著。愛家、顧家的他，書令智昏之時，出手偶而也會失控，最近的大手筆是花了四千塊人民幣從報國寺扛回一堆上海灘鴛鴦蝴蝶派[9]時期的《紅玫瑰》雜誌，買時意氣干雲，買後大概微覺事情不妙，於是不停嘀咕：「得趁老婆還沒回家前，趕快回去『藏書』。這可是『上瞞天地，下瞞妻兒』的勾當呀！」根據他的經驗，收藏要如意平安，第一得將妻兒侍候好，絕不可「以書廢人」；第二是要全面掌握財政大權，拿捏分寸，知所進退，絕不可連買菜的錢都給賠下去了。「內閣穩定，才能長久嘛。」這是他的第一原則。更大的「陰謀」則是乾脆拉老婆下海同樂，年近半百的謝其章不「搞」電腦，筆稿完成，通通交給老婆打字，原因絕非「大男人主義」，而是希望透過打字，老婆也能進入他的收藏世界。「過幾年她退休了，咱們男耕女織，繼續過活兒。」講這話時的他，格外溫柔誠懇，讓人感受到北京男人少有的眞情流露。

---

[7] 佛頭著糞：比喻不好的事物放置在好東西上面，而破壞了好東西。

[8] 初霽：指下雨過後剛轉晴。

[9] 鴛鴦蝴蝶派：指興起於20世紀初期上海的一個文學流派，題材多爲寫才子佳人的言情小說。

不管冷熱，興趣至上

　　談到目前大陸期刊收藏熱潮，謝其章歸納出幾個主流，首先當然就是「珍愛最是第一聲」的「創刊號」了。「創刊號」所以值得收藏，主要在於雜誌出刊量大，全收簡直不可能，獨收「創刊號」遂成為全世界期刊收藏家所公認，人生有涯、財力有限的最好方法了；其次則是具有重大歷史背景、突發事件、傑出人物等觀賞性特強的報刊，如抗戰類、藝術類、文學類報刊等，這屬於「類型收藏」，就要儘量求其「全」；第三則是「號外」，又被稱為報紙「皇冠上的明珠」。「號外」在快速披露重大事件的功效，是其他傳統平面媒體所無法相比的，因而跟「創刊號」並稱雙璧，同被列為「展示龍頭」，格外熱門。但儘管趨勢如此，謝其章卻不改其「趣味主義」掛帥，認為一般人實在用不著「趨炎附勢」，最好還是憑藉興趣，多多挖掘「冷門」，才是正途。許多年前，他只憑興趣收藏還屬冷門的抗戰上海「孤島」及汪偽時期[10]的文學雜誌，且收且讀，不管別人看法，到了現在，卻因為「老張」（這是他對「張愛玲」的一貫暱稱），而成了「熱點」，即是一例。

　　然而，收藏也不是毫無祕訣的。謝其章積數十年經驗，體會如下：

一、先求其「博」，後求其「專」。如此方才能夠「全面性」掌握狀況，然後「全數性」佔有局部。

二、價錢決定論。一分錢一分貨，盤算、確認已是「關鍵時刻」，千萬不要吝於「千金一擲」，因為這一擲，很可能就讓你的收藏竄升好幾個等級了。

---

[10] 汪偽時期：指對日抗戰時期汪精衛的偽國民政府。

三、堅持數年，必有好處。不要趨炎附勢，要自得其樂。冷轉
　　熱，熱轉冷，全看氣候。重要的是，堅持興趣，且收且讀，
　　最好還要能寫出來，跟大家分享，也默默轉變氣候。

　　從另一個角度來看。是否收藏豐富，獨有人之所無，就算成功的呢？他也不贊成這種「以數量、珍罕論英雄」的說法。「如果非要談啥『成不成功？』，我的看法是，成功的收藏者一定『藏寫』並舉，絕不能『只藏不寫』或『只寫不藏』。收藏雖然純屬私人行為，但如何使私人行為而有利於文化的進步發展，就不能局限於『我有什麼什麼』，而是要透過文字，將對於此收藏的體會和意義，傳遞給更多的同好，讓更廣泛的群體一起分享、受益。」躬行實踐這一理論的謝其章，很正經地說著，一點都不「老滑俏皮」了。

念想與渴望

　　「我是個不折不扣的『雜誌癖者』，藏有新舊雜誌三萬餘冊，擠佔了家庭的生活空間，挪用了家庭的日常開銷，衣帶漸寬終不悔，為雜誌消得人憔悴，何苦？何必？旁人難解其中意，冷暖只自知。」這是謝其章在其備受好評的新書《創刊號風景》的序言告白。聽起來還真是有些難解：天地何其寬廣，為何盡往斷爛朝報堆裡鑽？然而，回首雲天，想想蒙古大草原那個要書沒書、要報沒報的日子裏，「我對報刊從小有一種似乎與生俱來的好感」的那個小知青[11]，生活之外，所可能最念想、渴望的東西，答案或者也就豁然自明瞭。人生所值得收藏、珍貴者，說到底，往往也不過就是一種「觸動生命的念想、渴望」而已吧。

---

[11] 小知青：指年輕的知識青年。

本文選自傅月庵著（2006），《天上大風》。臺北：遠流。
本文由遠流出版公司授權使用。

延伸閱讀

1. 傅月庵（2002），《生涯一蠹魚》。臺北：遠流。
2. 傅月庵（2006），《天上大風》。臺北：遠流。

主題延伸學習單

〈課文單元—珍愛最是第一聲〉

班 級		姓 名		學 號		評分	

題目：從生命理念、生活方式到興趣、嗜好，每個人都有不同的表現和特色，
　　　請你以自己的家人、朋友為對象，選擇一位來撰寫一篇人物報導文章。

人我之際

與人論諫書

杜牧

作者

　　杜牧（803-853），字牧之，出生於長安萬年縣（今陝西西安）。杜家自六朝至唐皆為士族，晉代軍事家杜預即為杜牧之十六世祖。祖父杜佑為唐代名相，歷任德宗、順宗及憲宗三朝宰相，封歧國公，家世顯赫一時。杜佑曾於公務之暇編著《通典》，歷三十六年，編成二百卷，此書確立典制體政書的通史體例，對後代編撰政書者影響極大。

　　杜牧在愛智好學的家風影響下，幼年即發憤讀書。少年時雖經歷喪親及家道中落的逆境，在貧困中仍然孜孜不倦，讀書時特別留意「治亂興亡之跡，財賦兵甲之事，地形之險易遠近，古人之長短得失」，對於歷史演變及時勢發展特別著力。《新唐書》對他的評論為：「牧剛直有奇節，不為齪齪小謹，敢論列大事，指陳病利尤切至。」

　　文宗大和二年（828年），杜牧以第五名的成績考取進士，同年又應制科考試，錄取賢良方正直言極諫科，因年僅二十六歲即制科雙捷，轟動士林，京城士子莫不爭相與之結交。

　　杜牧天性灑脫不羈，加以好學不倦、遍覽群書，故提筆為文筆力矯健，風骨遒勁，於詩、賦、文諸體皆擅長，為晚唐著名詩人和古文家。二十三歲寫成〈阿房宮賦〉，文中除了展現其「王佐之才」之不凡器識外，更以新體文賦的變革創新特性，為時人所爭相傳頌。此賦在文學史上更被視為引領北宋文賦興起之先聲，因此在唐、宋賦史上，杜牧亦具有重要的地位。

　　杜牧自述作詩理念為「本求高絕，不務奇麗，不涉習俗，不今不

古，處於中間」。於古文創作則主張「凡為文以意為主，以氣為輔，以辭采章句為之兵衛」。清人洪亮吉評之曰：「文章則有經濟，古近體詩則有氣勢。」杜牧生前將其詩、賦、文等創作授權裴延翰，輯為《樊川文集》一書流傳於世。

　　文學之外，杜牧於書法亦有過人之處，清朝葉奕苞評論其書法云：「牧之書瀟灑流逸，深得六朝人風韻。」目前唯一流傳於世的杜牧手跡《張好好詩》收藏於故宮博物院。

題解

　　本文選自《樊川文集》，寫於武宗會昌二年至四年（842-844）之間，起因於時任黃州刺史的杜牧從邸報中得知，朝臣某君因諫書寫得好，得到皇帝獎勵，此事令杜牧大感欣慰。因為杜牧從事件當中看到國君願開啟聖聽納諫，而臣子亦能竭誠盡忠上諫的政局，因而樂觀地相信朝廷即將恢復「文祖武宗之業」，大唐重返盛世指日可待，於是情不自禁地提筆致書此善諫之臣。

　　歷史上士臣諫諍國君之事，可謂源遠流長，史冊中的記載更是不絕如縷。貞觀年間，太宗廣開言路，力倡諫風，締造盛世，歷史上傳為美談。而諍諫一事自此成為唐代政治文化之重要精神傳統。玄宗即位之初，便開設「直言極諫科」，此措施揭示諫諍在政治上的重要地位。中唐時期，朝廷履開「賢良方正直言極諫科」及「諷諫主文科」為取士途徑，「能諫」成為士人入仕之重要政治實踐。這樣的歷史背景，對於杜牧的諍諫意識有相當重要的啟發與影響。

　　杜牧於文中首先列舉歷史上失諫之例，總結其失敗原因，乃出自於直諫者的錯誤策略。直諫者自恃理直氣壯，每以迂險之言進諫國君，態度更是「以卑凌尊，以下干上」。然而此勸諫方式，最易引發聽諫者嫌惡之心，國君為維護尊嚴，而欲與諍諫者一爭是非，故意反其道而行。

故直諫的結果往往是「諫殺人者，殺人愈多；諫畋獵者，畋獵愈甚；諫治宮室者，宮室愈崇；諫任小人者，小人愈寵」。

杜牧認爲「迂險之言，則欲反之，循常之說，則必信之」，此乃人之常情使然。故即使是規勸地位平等的朋友，或關係親近的骨肉，方法尚且應該「旁引曲釋，亹亹繹繹，使人樂去其不善，而樂行其善」，何況地位相對卑下的人臣之欲勸諫地位高高在上的國君，豈能不精心策畫有效的說服技巧，以打動上位者之心意。故杜牧主張若想要國君心悅誠服地接受勸諫，應摒棄無效的直諫，改以委婉諷諫之術，方爲人臣進諫之道。

本文　　　　　　　　　　　　　　　與人論諫書

　　某踈愚怠惰，不識機括[1]，獨好讀書，讀之多矣。每見君臣治亂之間，興亡諫諍[2]之道，遐想[3]其人，舐筆和墨[4]，則冀[5]人君一悟而至於治平[6]，不悟則烹身滅族[7]，唯此二者，不思中道[8]。自秦、漢已來，凡千百輩，不可悉數[9]。然怒諫而激亂生禍者，累累[10]皆

1　機括：本爲弩上控制箭矢發射的機件。此處比喻心機、計謀。括，音ㄍㄨㄚ。
2　諫諍：直言規勸在上位的人。音ㄐㄧㄢˋㄓㄥ。
3　遐想：超越現實的思索或想像。遐，遠方。音ㄒㄧㄚˊ。
4　舐筆和墨：原意爲用毛筆沾墨水以寫作詩文，此處指寫作諫書。舐，用舌頭舔物，音ㄕˋ。
5　冀：希望。冀，音ㄐㄧˋ。
6　治平：國家安和太平。
7　烹身滅族：身死家滅。烹，古代一種以鼎煮人的酷刑。音ㄆㄥ。
8　中道：不落入上述兩種極端——人君一悟而至於治平；不悟則烹身滅族，以中庸持平爲思考方式。
9　悉數：一一列舉細說。音ㄒㄧㄕㄨˇ。
10　累累：繁多、重積的樣子。音ㄌㄟˇㄌㄟˇ。

是；納諫而悔過行道者，不能百一[11]。何者[12]？皆以辭語迂險[13]，指射醜惡[14]，致使然[15]也。夫迂險之言，近於誕妄[16]；指射醜惡，足以激怒[17]。夫以誕妄之說，激怒之辭，以卑凌尊[18]，以下干上[19]。是以[20]諫殺人者，殺人愈多；諫畋獵[21]者，畋獵愈甚；諫治[22]宮室者，宮室愈崇[23]；諫任小人者，小人愈寵[24]。觀其旨意，且欲與諫者一鬭是非[25]，一決怒氣[26]耳，不論其他[27]，是以每於本事之上[28]，尤增飾之[29]。

今有兩人，道未相信[30]，甲謂乙曰：「汝好食某物，慎勿食[31]，果[32]食之，必死。」乙必曰：「我食之久矣，汝為[33]我死，必倍食

---

[11] 不能百一：不到百分之一。意即：在一百個裡頭，也找不到一個。

[12] 何者：為什麼會如此呢？

[13] 迂險：誇誕不實且危言聳聽。

[14] 指射醜惡：毫不委婉地批評君王醜惡之事。

[15] 致使然：導致這種結果。

[16] 誕妄：荒謬不實。

[17] 激怒：使人因受刺激而發怒。

[18] 以卑凌尊：身分卑微的大臣卻凌辱尊貴的君王。凌，凌辱。

[19] 以下干上：在下位者卻冒犯了上位者。干，冒犯。

[20] 是以：所以，表示因果的連詞。

[21] 畋獵：打獵。音ㄊㄧㄢˊ ㄌㄧㄝˋ。

[22] 治：營建。

[23] 崇：高大。

[24] 寵：獲得國君的寵幸。

[25] 一鬭是非：在是非問題上一鬥輸贏。鬭，通鬥。

[26] 一決怒氣：因發怒而與對方一爭勝負。

[27] 不論其他：不再考慮其後果如何。

[28] 本事之上：在原本做法的基礎之上。

[29] 尤增飾之：程度上更進一層。

[30] 道未相信：彼此間的想法尚未能相互信任。

[31] 慎勿食：小心別吃。

[32] 果：假若、若是。

[33] 為：認為。

之³⁴。」甲若謂乙曰：「汝好食某物，第一少食，苟³⁵多食，必生病。」乙必因而謝之，減食。何者？迂險之言，則欲反之，循常之說³⁶，則必信之，此乃常人之情，世多然也。是以因諫而生亂者，累累皆是也。

漢成帝欲御³⁷樓船³⁸過渭水，御史大夫薛廣德諫曰：「宜從橋，陛下不聽，臣自刎³⁹以血污車輪，陛下不廟⁴⁰矣。」上不說⁴¹。張猛曰：「臣聞主聖臣直⁴²，乘船危，就橋安，聖主不乘危⁴³御史大夫言可聽。」上曰：「曉人不當如是耶⁴⁴？」乃從橋。近者寶曆⁴⁵中，敬宗皇帝欲幸驪山，時諫者至多，上意不決，拾遺張權輿伏紫宸殿下，叩頭諫曰：「昔周幽王幸驪山，為犬戎所殺；秦始皇葬驪山，國亡；玄宗皇帝宮驪山，而祿山亂；先皇帝幸驪山，而享年不長。」帝曰：「驪山若此之凶耶？我宜一往，以驗⁴⁶彼言。」後數日，自驪山廻，語⁴⁷親倖⁴⁸曰：「叩頭者之言，安⁴⁹足信

---

34 必倍食之：一定加倍吃。

35 苟：如果。

36 循常之說：符合常理的說法。

37 御：乘坐。

38 樓船：有樓層的大船。

39 自刎：自殺，割喉嚨結束自己的生命。

40 不廟：不能進入宗廟祭祀。

41 不說：不高興。說，通「悅」。音ㄩㄝˋ。

42 主聖臣直：君王聖明則臣子正直。

43 乘危：冒險。

44 曉人不當如是耶：謂諍諫之言，應該像張猛之詳實善言。

45 寶曆：唐敬宗李湛的年號，西元825-826年。

46 驗：驗證。

47 語：告訴。語，音ㄩˋ。

48 親倖：身邊親近信任之人。

49 安：豈、怎麼。

哉！」漢文帝亦謂張釋之曰：「卑之，無甚高論[50]，令可行[51]也。」今人平居[52]無事，友朋骨肉，切磋規誨之間，尚宜旁引曲釋[53]，亹亹繹繹[54]，使人樂去其不善，而樂行其善，況於君臣尊卑之間，欲因激切[55]之言而望道行事治[56]者乎？故《禮》稱五諫，而直諫[57]爲下。

前數月見報[58]，上披閣下[59]諫疏，錫[60]以幣帛，僻左且遠[61]，莫知其故[62]。近於遊客處一睹閣下諫草[63]，明白辯婉[64]，出入有據[65]，吾君聖明，宜爲動心。數日在手，味之不足[66]，且抃且喜且慰[67]，三者交並，不能自止[68]。吾君聞諫，既且行之，仍復寵錫，誘[69]能諫者，

---

[50] 卑之，無甚高論：只就淺顯易懂的說，不說過高難行的意見。

[51] 令可行：政令就可推行了。

[52] 平居：平時閒居在家。

[53] 旁引曲釋：旁徵博引，反覆解釋。曲，周到、全面。

[54] 亹亹繹繹：形容循循善誘而不知疲倦的樣子。亹亹：勤勉不倦的樣子。音ㄨㄟˇㄨㄟˇ。繹繹：連續不斷的樣子。音一ˋ一ˋ

[55] 激切：激烈率直。

[56] 望道行事治：希望國君推行正道，辦好事情。

[57] 直諫：直言規諫。

[58] 報：即邸報。爲朝廷刊載詔令、奏章及官員任免等事的公報。

[59] 閣下：對人的敬稱。初爲對顯貴者的尊稱，後乃泛用，今多寫作閣下。閤，音ㄍㄜˊ。

[60] 錫：賜與、賜給。錫，通「賜」。音ㄙˋ。

[61] 僻左且遠：指偏僻又遙遠的地方。

[62] 莫知其故：不知什麼原因。

[63] 諫草：諫書的草稿。

[64] 明白辯婉：清楚而委婉。

[65] 出入有據：立論都有依據。

[66] 味之不足：一再研究、體察，仍覺不夠盡興。

[67] 且抃且喜且慰：拍手、欣喜並覺得寬慰。抃，拍手、鼓掌。音ㄅㄧㄢˋ。

[68] 不能自止：無法自己停下來。

[69] 誘：引導、鼓勵。

斯[70]乃堯、舜、禹、湯、文、武之心也，聞於遠地[71]，宜爲吾君抃[72]也。閣下以忠孝文章立於朝廷，勇於諫而且深於其道，果能輔吾君而光世德[73]。

　　某蒙[74]閣下之厚愛，冀於異時資閣下知以進尺寸[75]，能不爲閣下之喜，復自喜也？吾君今日披[76]一疏而行之，明日聞一言而用之，賢才忠良之士森列[77]朝廷，是以奮起志慮，各盡所懷，則文祖武宗之業，窮天盡地[78]，日出月入[79]，皆可掃灑[80]，以復厥初[81]。某縱[82]不得效用[83]，但於一官一局[84]，筐篋簿書[85]之間，活妻子而老身命[86]焉，作爲歌詩，稱道仁聖天子[87]之所爲治，則爲有餘[88]，能不

---

[70] 斯：此、這。

[71] 聞於遠地：這件事還能傳到遠方爲人所知聞。

[72] 宜爲吾君抃：也應該爲我們的皇上鼓掌。

[73] 光世德：發揚光大朝廷世代相傳的勸諫美德。

[74] 蒙：承受。

[75] 冀於異時資閣下知以進尺寸：希望在未來能增進閣下對我的了解，而得到您些微的提拔。

[76] 披：打開、翻開。

[77] 森列：森然羅列。

[78] 窮天盡地：與天地同存。

[79] 日出月入：日月所照耀之處。

[80] 掃灑：比喻治理完善。

[81] 以復厥初：恢復當初的太平盛世。

[82] 縱：縱使。

[83] 效用：效勞朝廷得到進用。

[84] 一官一局：一官一職。

[85] 簿書：公文。代指所操持的公務。

[86] 活妻子而老身命：養活妻兒子女，也讓自己得以安身立命以至終老。

[87] 仁聖天子：指唐武宗李瀍，會昌二年（842）加尊號爲「仁聖文武至神大孝皇帝」，因此杜牧以仁聖天子稱之。

[88] 則爲有餘：指能力綽綽有餘。

自慰[89]？故獲閣下之一疏，拀喜慰三者交并，眞不虛也，宜如此也[90]。無因[91]面讚[92]其事，書紙言誠[93]，不覺繁多[94]。某再拜。

---

[89] 自慰：內心感到安慰。

[90] 宜如此也：就該如此。指拍著手內心喜慰交加這樣的情緒。

[91] 無因：沒有門路、辦法。

[92] 面讚：當面稱讚。

[93] 書紙言誠：藉由寫信在紙上表達內心眞誠的感情。

[94] 不覺繁多：不知不覺間竟寫了這麼多。此爲謙遜的用法，表示信寫得太長，致有打擾收信人之意。

延伸閱讀

1.〈燭之武退秦師〉，節選自《左傳》。

2.卡曼‧蓋洛（Carmine Gallo）著、羅雅萱、劉怡女譯（2014），《跟 TED 學表達，讓世界記住你：用更有說服力的方式行銷你和你的構想》。臺北：先覺出版社。

3.卡曼‧蓋洛（Carmine Gallo）著、許恬寧譯（2016），《跟 TED 學說故事，感動全世界：好故事是你最強大的人生資產》。臺北：先覺出版社。

4.佐藤昌弘著、郭欣怡譯（2016），《改變說話順序，輕鬆說服各種人：提案通過‧交涉成功‧改善人際，任何人都能學會的 54 個超強說服話術》。臺北：核果文化事業有限公司。

5.高杉尚孝著、李佳蓉譯（2014），《麥肯錫不外流的簡報格式與說服技巧》。臺北：大是文化有限公司。

6.羅傑‧費雪（Roger Fisher）、威廉‧尤瑞（William Ury）、布魯斯‧派頓（Bruce Patton）著、劉慧玉譯（2013），《哈佛這樣教談判力：增強優勢，談出利多人和的好結果》。臺北：遠流出版公司。

主題延伸學習單

〈課文單元—與人論諫書〉

班 級		姓 名		學 號		評分	

請根據杜牧〈與人論諫書〉文中的勸諫原則及技巧，撰寫一篇規勸朋友或長輩戒除不當行為習慣或嗜好（請自行設定）的書信。

金縷曲二首

顧貞觀

作者

　　顧貞觀（1637-1714），字遠平、華峰，號梁汾，江蘇無錫人。明崇禎十年生，清康熙五年舉人，曾任國史院典籍、中書舍人。後辭官歸江南終老，康熙五十三年卒。清初著名詞人，與陳維崧、朱彝尊並稱清初的「詞家三絕」；又與納蘭性德、曹貞吉並稱「京華三絕」，著有詞集《彈指詞》等。

題解

　　〈金縷曲〉，選錄自顧貞觀的詞集《彈指詞》，兩詞在集中有序：「寄吳漢槎寧古塔，以詞代書，丙辰冬，寓京師千佛寺，冰雪中作。」

　　「金縷曲」爲詞牌名，顧貞觀以詞作代書信，於丙辰（康熙十五年）冬日寓居京城千佛寺時在冰雪中思念友人之作，寄給謫戍寧古塔的好友吳漢槎，文詞懇切感人。陳廷焯《白雨齋詞話》評曰：「純以性情結撰而成，悲之深、慰之至，丁寧告戒，無一字不從肺腑流出，可以泣鬼神矣！」

　　吳兆騫（1631-1684），字漢槎（ㄔㄚˊ），號季子。江蘇吳江人，清順治舉人，工詩文，著有《秋笳集》。因「丁酉科場案」中受人誣陷，於順治十六年被流放到東北絕塞之地寧古塔（今黑龍江省寧安縣）。至康熙十五年，吳兆騫已被流放塞外十八年，顧貞觀爲營救好友，於是將這兩首〈金縷曲〉拿給康熙朝權臣納蘭明珠之子納蘭性德，

他讀後為兩人的真摯情誼深為感動，答應設法營救，曾作詞：「絕塞生還吳季子，算眼前，此外皆閒事。」五年後，康熙二十年（1681）吳兆騫終於獲釋歸來，此事之文章情誼世傳為文學史上的佳話。

本文　　　　　　　　　　　　　　　　　　　　　　　　**金縷曲**

　　寄吳漢槎寧古塔，以詞代書，丙辰冬寓京師千佛寺，冰雪中作。

季子[1]平安否？便[2]歸來，平生萬事，那堪回首。行路悠悠誰慰藉，母老家貧子幼，記不起從前杯酒。魑魅[3]搏人[4]應見慣，總輸他覆雨翻雲手，冰與雪，周旋久。　　淚痕莫滴牛衣透[5]，數天涯依然骨肉[6]，幾家能夠？比似紅顏多命薄，更不如今還有。只絕塞苦寒難受，廿載包胥承一諾[7]，盼烏頭馬角終相救[8]。置此札，

---

[1] 季子：指吳漢槎，其號季子。

[2] 便：就算，是對未來可能情況的推測語氣；指就算以後歸來。

[3] 魑魅：ㄔ ㄇㄟˋ；傳說在山林水澤間害人的鬼怪。指在科場案中誣陷吳漢槎的小人。

[4] 搏人：此指害人。

[5] 淚痕莫滴牛衣透：牛衣指亂麻編成之衣，淚水不要滴透了牛衣，意指不可消沉絕望。

[6] 依然骨肉：指吳漢槎雖被流放到東北絕寒之地，但吳妻與子女都能同住，家人幸能團圓。

[7] 包胥承一諾：春秋時期吳國率兵攻入楚國，楚人申包胥前往秦國求救，跪哭於秦庭七日，終使秦國出兵救楚，以此典故表明營救吳漢槎的決心。

[8] 烏頭馬角終相救：《史記》記載戰國燕太子丹質於秦，求歸，秦王曰：「烏（鴉）頭白，馬生角，乃許耳。」以此表明無論如何艱難，也不會放棄營救吳漢槎。

君懷袖。

我亦飄零久，十年來，深恩負盡，死生師友[9]。宿昔齊名[10]非忝竊[11]，試看杜陵消瘦[12]，曾不減夜郎僝僽[13]。薄命長辭[14]知己別[15]，問人生到此淒涼否？千萬恨，從君剖。　　兄生辛未[16]吾丁丑[17]，共些時冰霜摧折，早衰蒲柳[18]。詞賦從今須少作，留取心魂相守。但願得河清[19]人壽，歸日[20]急翻行戍稿[21]，把空名料理傳身後。言不盡，觀頓首[22]。

9　死生師友：指活著和死去的師長朋友。
10　宿昔齊名：指往昔兩人同具有文壇盛名。
11　忝竊：指自己因幸運而擁有某種名利或地位的謙辭。
12　杜陵消瘦：杜甫自號杜陵布衣，因遭安史之亂，流落異鄉而窮困，顧貞觀以杜甫比擬自身處境。
13　夜郎僝僽：僝僽，音ㄔㄢˊㄓㄡˋ，煩憂埋怨，李白曾被流放夜郎，故以此比擬吳漢槎被流放的艱困遭遇。
14　薄命長辭：作者指自己已過逝的妻子。
15　知己別：指好友吳漢槎因被流放到東北絕寒之地，而分別兩地。
16　兄生辛未：吳漢槎生於辛未年，明崇禎四年，西元 1631 年。
17　吾丁丑：顧貞觀生於丁丑年，明崇禎十年，西元 1637 年。
18　早衰蒲柳：因身心勞苦而早衰，藉蒲柳的柔弱身姿來比擬。
19　河清：黃河混濁，以河清喻為太平盛世。
20　歸日：希望未來吳漢槎如能獲釋歸來的日子。
21　行戍稿：指吳漢槎被流放到東北寧古塔時所寫的文稿。
22　頓首：以頭叩地而拜，古人書信末啟詞的用語，用來向對方表示敬意。

延伸閱讀

　　顧貞觀在《彈指詞》〈金縷曲〉詞後有按語說明：「二詞容若見之，為泣下數行，曰：『河梁生別之詩，山陽死友之傳，得此而三。此事三千六百日中，弟當以身任之，不俟兄再囑也』，余曰：『人壽幾何，請以五載為期』，懇之太傅，亦蒙見許，而漢槎果以辛酉入關矣，附書志感，兼志痛云。」

　　納蘭性德（字容若）亦針對此事，以詞代書，作〈金縷曲〉回應顧貞觀。

納蘭性德　　金縷曲

金縷曲——簡梁汾時方為吳漢槎作歸計

　　灑盡無端淚，莫因他，瓊樓寂寞，誤來人世。信道癡兒多厚福，誰遣天生明慧，就更著浮名相累。仕宦何妨如斷梗，只那將聲影供羣吠。天欲問，且休矣。　　情深我自拚憔悴，轉丁寧香憐易爇，玉憐輕碎。羨煞軟紅塵裏客，一味醉生夢死。歌與哭任猜何意，絕塞生還吳季子，算眼前，此外皆閒事。知我者，梁汾耳。

金縷曲——贈梁汾

　　德也狂生耳，偶然間，緇塵京國，烏衣門第。有酒惟澆趙州土，誰會成生此意，不信道遂成知己。青眼高歌俱未老，向尊前拭盡英雄淚。君不見，月如水。　　共君此夜須沈醉，且由他蛾眉謠諑，古今同忌。身世悠悠何足問，冷笑置之而已。尋思超從頭翻悔，一日心期千劫在，後身緣，恐結他生裏。然諾重，君須記。

主題延伸學習單

〈課文單元—金縷曲二首〉

班　級		姓　名		學　號		評分	

題目：在人生成長的各個階段，都會遇到合得來的好朋友，請寫作一篇你與朋
友交往情誼的文章。

古代智慧

孫子選讀

孫武

作者

　　孫武，又稱孫武子、孫子，字長卿，春秋末年齊國樂安（今山東省惠民縣）人。推算其出生年代約在西元前 550 年至西元前 540 年之間，具體生卒時間不可考。孫武活動時期，大約與孔子相當，或稍早。

　　孫武的祖先叫媯滿，周天子冊封為陳國國君，陳國轄有今河南省東部和安徽省一部分，以宛丘（今河南省淮陽縣）為都城。七世祖媯完時，陳國發生內亂，媯完舉家逃難到齊國，齊桓公任命其為工正，掌管全國的手工業生產，從此定居齊國，改姓田。齊景公時，孫武祖父田書領兵伐莒有功，賜姓孫。孫武父親孫憑是齊國重要官員，當時齊國四大家族奪權鬥爭劇烈，孫家為避免糾纏，遷居吳國。孫武到吳國後，與伍子胥結為知己。伍子胥舉薦孫武，孫武將兵法十三篇呈獻給吳王，又經過吳宮美女教戰的實兵演練，遂任命孫武為將軍。吳王夫差繼位後，孫武和伍子胥積極整軍備戰，終於擊敗越國，為吳王闔閭報仇。夫差打敗越王勾踐後，志得意滿，加上讒臣伯嚭離間，最後逼迫伍子胥自盡身亡，屍體裝入皮囊，扔棄江中，不得安葬。孫武眼見伍子胥苦諫無效，忠而見害，為免自己也遭殺身之禍，辭官退隱，死後葬於吳都郊外。

　　孫武被古今中外軍事家尊崇為「兵家之祖」、「兵聖」。《孫子》是中國古代最偉大的軍事理論著作。全書計十三篇，始〈計〉迄〈用間〉，篇章結構嚴密，遣詞造句顯現規律化傾向，並以生動淺顯的譬喻，使原本難懂的兵法道理，變得清晰具體。在國外，中國古代兵法已成為一種專門的學問，吸引著廣大的軍事、政治、文、史、哲學、外交、工商企業家閱讀與應用。日、法、英、俄、美等國均有譯本。

題解

　　本課選錄《孫子》兩篇。「計」，是全書之首篇，主要在說明戰爭前的各項準備工作，尤其強調戰爭之勝負往往取決於戰前的籌畫。至於計畫的方式是以「五事」（道、天、地、將、法）、「七計」（主孰有道、將孰有能、天地孰得、法令執行、兵眾孰強、士卒孰練、賞罰孰明）為比較分析的標準，也就是說，在君主的施政、將帥的才能、天時地利的合適、法令制度的完善、兵眾的強弱、士卒的訓練、賞罰的公平等方面，應做全盤性比較，因此孫子在文末特別強調最高軍事決策──「廟算」的重要性。〈謀攻〉是全書第三篇，論述用計謀征服敵人的問題。孫武認為「不戰而屈人之兵」是「善之善者」，「全國」、「全軍」、「全旅」、「全卒」、「全伍」地強迫敵人屈服投降是最理想的作戰方案，「破國」、「破軍」、「破旅」、「破卒」、「破伍」地用武力擊破敵人則次一等，「非善之善者」。怎樣才能做到「不戰而屈人之兵」呢？孫武認為上策是「伐謀」，其次是「伐交」，再次是「伐兵」，即主張通過政治攻勢、外交手段和武裝力量來征服敵人。在和敵人鬥爭時，如果敵強我弱，應該集中優勢兵力戰勝敵人，做到「十則圍之，五則攻之，倍則分之，敵則能戰之，少則能逃之，不若則能避之」。孫武提出了「知彼知己，百戰不殆」的思想，認為謀略必須建立在了解敵我雙方情況的基礎上。孫子的說法亦可運用在現今的政治界、商業界、教育界以及家庭經營上。

本文
孫子選讀之一：（始）計

　　孫子曰：兵者，國之大事，死生之地，存亡之道，不可不察也。

故經之以五事，校[1]之以計，而索其情[2]，一曰道，二曰天，三曰地，四曰將，五曰法。

道者，令民與上同意也，可與之死，可與之生，而不畏危也。天者，陰陽、寒暑、時制也。地者，遠近、險易、廣狹、死生也。將者，智、信、仁、勇、嚴也。法者，曲制、官道、主用也。凡此五者，將莫不聞，知之者勝，不知者不勝。

故校之以計，而索其情。曰：主孰有道？將孰有能？天地孰得？法令孰行？兵眾孰強？士卒孰練？賞罰孰明？吾以此知勝負矣。將[3]聽吾計，用之必勝，留之；將不聽吾計，用之必敗，去之。計利以聽，乃爲之勢，以佐其外；勢者，因利而制權[4]也。

兵者，詭道[5]也。故能而示之不能，用而示之不用，近而示之遠，遠而示之近。利而誘之，亂而取之，實而備之，強而避之，怒而撓之，卑而驕之，佚[6]而勞之，親而離[7]之。攻其無備，出其不意，此兵家之勝，不可先傳也。

夫未戰而廟算[8]勝者，得算多也；未戰而廟算不勝者，得算少也；多算勝，少算不勝，而況於無算乎？吾以此觀之，勝負見矣。

1　校：比較。
2　索其情：探索敵我之間的勝負情況。
3　將：主將。
4　制權：採取臨機應變的作戰行動。
5　詭道：對敵人使用詭詐手段。
6　佚：同「逸」。
7　離：離間、分化。
8　廟算：廟，宗廟；算，計畫。古代興師命將，均集會於宗廟之上，以謀劃大計、制定決策、預測勝負。

本文 　　　　　　　　　　　　　　　孫子選讀之二：謀攻

　　孫子曰：夫用兵之法，全國[9]爲上，破國次之；全軍爲上，破軍次之；全旅爲上，破旅次之；全卒爲上，破卒次之；全伍爲上，破伍次之。是故百戰百勝，非善之善也；不戰而屈[10]人之兵，善之善者[11]也。

　　故上兵[12]伐謀，其次伐交，其次伐兵，其下攻城。攻城之法，爲不得已。修櫓轒轀[13]，具[14]器械，三月而後成；距闉[15]，又三月而後已。將不勝其忿而蟻附之，殺士卒三分之一，而城不拔者，此攻之災也。

　　故善用兵者，屈人之兵而非戰也，拔人之城而非攻也，毀人之國而非久也，必以全爭於天下[16]，故兵不頓[17]而利可全，此謀攻之法也。

　　故用兵之法，十則圍之，五則攻之，倍則分之[18]，敵則能戰之，少則能逃之，不若[19]則能避之。故小敵之堅，大敵之擒[20]也。

9　全國：讓敵國完整地降服。全，使動用法：「使……全」。
10　屈：使之屈服。
11　善之善者：好中最好的。
12　上兵：最高明的戰略。
13　修櫓轒轀：修造攻城用的大盾和四輪車。櫓，古代的兵器。即大盾、大戟。轒轀，古代攻城所用的四輪車。以粗木編排而成，上以生牛皮覆蓋，下可藏兵士，往來運土築工事，敵人箭矢、木石無法傷害。
14　具：準備。
15　距闉：填塞土山以登城攻敵。闉，通「堙」，土山，用於攻城或瞭望。
16　以全爭於天下：以保全實力的方式爭勝於天下。
17　頓：通「鈍」，耗損。
18　分之：使敵人的兵力分散。
19　不若：不如。
20　小敵之堅，大敵之擒：小國不自量力，頑強堅戰，就會成爲大國之俘虜。

夫將者，國之輔也。輔周[21] 則國必強，輔隙[22] 則國必弱。

故君之所以患於軍者三：不知軍之不可以進而謂[23] 之進，不知軍之不可以退而謂之退，是謂縻軍[24]；不知三軍[25] 之事而同三軍之政，則軍士惑矣；不知三軍之權而同[26] 三軍之任[27]，則軍士疑矣。三軍既惑且疑，則諸侯之難至矣。是謂亂軍引[28] 勝。

故知勝[29] 有五：知可以戰與不可以戰者勝，識眾寡之用[30] 者勝，上下同欲者勝，以虞[31] 待不虞者勝，將能而君不御者勝。此五者，知勝之道也。

故曰：知彼知己，百戰不殆[32]；不知彼而知己，一勝一負[33]；不知彼不知己，每戰必敗。

---

21 周：周密。
22 隙：疏漏。
23 謂：命令。
24 縻軍：束縛軍隊的行動。
25 三軍：春秋時以上、中、下或左、中、右為三軍。
26 同：參與。此處指干涉。
27 任：指對軍事行動的指揮、調度。
28 引：招致。
29 知勝：掌握戰場上的勝算。
30 識眾寡之用：懂得根據兵力多寡靈活運用戰術。
31 虞：防範、準備。
32 殆：危險。
33 一勝一負：或勝或負。一，或。

延伸閱讀

1.《史記‧孫子吳起列傳》

　　孫子武者，齊人也。以兵法見於吳王闔廬。闔廬曰：「子之十三篇，吾盡觀之矣，可以小試勒兵乎？」對曰：「可。」闔廬曰：「可試以婦人乎？」曰：「可。」於是許之，出宮中美女，得百八十人。孫子分為二隊，以王之寵姬二人各為隊長，皆令持戟。令之曰：「汝知而心與左右手背乎？」婦人曰：「知之。」孫子曰：「前，則視心；左，視左手；右，視右手；後，即視背。」婦人曰：「諾。」約束既布，乃設鈇鉞，即三令五申之。於是鼓之右，婦人大笑。孫子曰：「約束不明，申令不熟，將之罪也。」復三令五申而鼓之左，婦人復大笑。孫子曰：「約束不明，申令不熟，將之罪也；既已明而不如法者，吏士之罪也。」乃欲斬左右隊長。吳王從臺上觀，見且斬愛姬，大駭。趣使使下令曰：「寡人已知將軍能用兵矣。寡人非此二姬，食不甘味，願勿斬也。」孫子曰：「臣既已受命為將，將在軍，君命有所不受。」遂斬隊長二人以徇。用其次為隊長，於是復鼓之。婦人左右前後跪起皆中規矩繩墨，無敢出聲。於是孫子使使報王曰：「兵既整齊，王可試下觀之，唯王所欲用之，雖赴水火猶可也。」吳王曰：「將軍罷休就舍，寡人不願下觀。」孫子曰：「王徒好其言，不能用其實。」於是闔廬知孫子能用兵，卒以為將。西破彊楚，入郢，北威齊晉，顯名諸侯，孫子與有力焉。

　　孫武既死，後百餘歲有孫臏。臏生阿鄄之間，臏亦孫武之後世子孫也。孫臏嘗與龐涓俱學兵法。龐涓既事魏，得為惠王將軍，而自以為能不及孫臏，乃陰使召孫臏。臏至，龐涓恐其賢於己，疾之，則以法刑斷其兩足而黥之，欲隱勿見。

　　齊使者如梁，孫臏以刑徒陰見，說齊使。齊使以為奇，竊載與之齊。齊將田忌善而客待之。忌數與齊諸公子馳逐重射。孫子見其馬足不甚相遠，馬有上、中、下、輩。於是孫子謂田忌曰：「君弟重射，臣能令君勝。」田忌信然之，與王及諸公子逐射千金。及臨質，孫子曰：「今以

君之下駟與彼上駟，取君上駟與彼中駟，取君中駟與彼下駟。」既馳三輩畢，而田忌一不勝而再勝，卒得王千金。於是忌進孫子於威王。威王問兵法，遂以為師。其後魏伐趙，趙急，請救於齊。齊威王欲將孫臏，臏辭謝曰：「刑餘之人不可。」於是乃以田忌為將，而孫子為師，居輜車中，坐為計謀。田忌欲引兵之趙，孫子曰：「夫解雜亂紛糾者不控捲，救鬬者不搏撠，批亢擣虛，形格勢禁，則自為解耳。今梁趙相攻，輕兵銳卒必竭於外，老弱罷於內。君不若引兵疾走大梁，據其街路，衝其方虛，彼必釋趙而自救。是我一舉解趙之圍而收獘於魏也。」田忌從之，魏果去邯鄲，與齊戰於桂陵，大破梁軍。

　　後十三歲，魏與趙攻韓，韓告急於齊。齊使田忌將而往，直走大梁。魏將龐涓聞之，去韓而歸，齊軍既已過而西矣。孫子謂田忌曰：「彼三晉之兵素悍勇而輕齊，齊號為怯，善戰者因其勢而利導之。兵法，百里而趣利者蹶上將，五十里而趣利者軍半至。使齊軍入魏地為十萬灶，明日為五萬灶，又明日為三萬灶。」龐涓行三日，大喜，曰：「我固知齊軍怯，入吾地三日，士卒亡者過半矣。」乃棄其步軍，與其輕銳倍日并行逐之。孫子度其行，暮當至馬陵。馬陵道陜，而旁多阻隘，可伏兵，乃斫大樹白而書之曰「龐涓死于此樹之下」。於是令齊軍善射者萬弩，夾道而伏，期曰「暮見火舉而俱發」。龐涓果夜至斫木下，見白書，乃鑽火燭之。讀其書未畢，齊軍萬弩俱發，魏軍大亂相失。龐涓自知智窮兵敗，乃自剄，曰：「遂成豎子之名！」齊因乘勝盡破其軍，虜魏太子申以歸。孫臏以此名顯天下，世傳其兵法。……

2. 田口佳史著、涂祐庭譯（2015），《孫子兵法商學院：No.1 競爭優勢指南，連比爾・蓋茲、大前研一都獲益的職場生存智慧》。臺北：野人出版社。

3. 許龍君（2000），《EQ 孫子兵法：人生戰場決勝寶典》。南投：領航文化出版社。

4. 陳羲（2004），《「孫子」給現代人的啟示》。臺北：大展出版社。

5.郭朝安（2000），《企業經理人必看的商戰祕訣：「孫子兵法」現代應用的商戰指南》。臺北：神機文化出版社。

6.魏汝霖（1991），《孫子今註今譯》。臺北：臺灣商務印書館。

7.嚴定暹（2013），《笑談孫子兵法：掌握人情的脈動》。臺北：好優文化出版社。

主題延伸學習單

〈課文單元—孫子—（始）計、謀攻〉

班　級		姓　名		學　號		評分	

題目：請從本課課文中找出三個最有心得的句子，並説明它們給你的啓示。

莊子選讀

莊子

作者

　　莊子名周，戰國時宋蒙人（今河南商邱縣東北）。約生於 BC359，卒於 BC289 ～ 279 間，與梁惠王、齊宣王、孟子同時期。曾任漆園吏（縣以下小官），楚君欲聘為相，謙辭不受。著《莊子》一書，與春秋時老子同為道家之代表人物。莊子繼承並發揮老子順任自然、虛靜無為之說，更能向內觀照，追求個人心靈自由，提升到逍遙境界，因而獲得普遍共鳴。

　　《莊子》今存 33 篇，最早有晉郭象之註解，並將內容分為內（7）篇、外（15）篇、雜（11）篇。內篇內容一貫、體系完整，為莊周自著；外篇係補充，與雜篇皆出於後學之手。《莊子》擅用寓言來寄託理念，筆調幽默、寓意深遠，想像豐富、辭采縱橫，具浪漫情懷。後代文學家如陶淵明、李白、蘇軾等皆受其影響。

題解

　　《莊子·至樂》雖屬外篇，卻能以「道」的眞諦——循環律動、與萬化冥合，來闡述莊子的生死觀。著名的莊子妻死、鼓盆而歌的典故，說明此行爲看似不近人情、有違常理，實則著重在以宏觀角度，體察萬物形體的有無、生死的變化，本質皆爲「氣」的聚散流轉。如同四時運行，原屬宇宙自然軌跡；一旦體悟天人循環之理，若再隨俗人悲慟哭號，則無法通達命理，亦即順「化」以入「道」的境界，故其表現有別

於常人。

　　相較之下，屬於莊子內篇的《養生主》後半「老聃死，秦失弔之」兩段文章，則更能指出道家的核心理念，可與莊子鼓盆而歌互為印證。經由老子友人秦失唁他的離世，因了解老子無為隨化的達觀思想，而表述「安時處順」、「哀樂不入」及「帝之懸解」幾個概念，破除對軀體形骸的執著眷戀，以順應命運的安排來看待死亡，以平靜穩定的心情來安頓生命，解脫超越肉體，達到精神的自由。並舉「薪盡火傳」為喻，說明個體銷亡不損及整體文化的永續，從而肯定人的存在價值。

本文　　　　　　　　　　　　　莊子選讀之一：鼓盆而歌

　　莊子妻死，惠子[1]弔之，莊子則方[2]箕踞[3]鼓盆而歌。惠子曰：「與人居，長子老身[4]，死不哭亦足矣，又鼓盆而歌，不亦甚[5]乎！」莊子曰：「不然。是其始死也，我獨何能無概然[6]！察其始而本無生，非徒[7]無生也，而本無形；非徒無形也，而本無氣。雜乎芒芴之間[8]，變而有氣，氣變而有形[9]，形變而有生。今又變而之死，是相與為春秋冬夏四時行也。人且偃然[10]寢於巨室，而我噭噭

1　惠子：惠施，戰國人，莊子友人，常與莊子相互質疑辯難。
2　方：正當。
3　箕踞：雙腳蹲踞呈畚箕狀。
4　長子老身：養大孩子，自身衰老；表示生兒育女直到年老過世。
5　甚：強調「過份」。
6　概然：通「慨」，感慨。
7　非徒：非但、不只。
8　芒芴之間：恍恍惚惚之境，為太初幽冥之狀。
9　氣變而有形：《莊子・知北遊》：「人之生，氣之聚也；聚則為生，散則為死。」
10　偃然：倒臥安息貌。《莊子・大宗師》：「夫大塊載我以形，勞我以生，佚我以老，息我以死。」

然 [11] 隨而哭之，自以爲不通乎命 [12]，故止也。」

本文

莊子選讀之二：秦失弔老聃

　　老聃 [13] 死，秦失 [14] 弔之，三號 [15] 而出。弟子曰：「非夫子之友邪？」曰：「然。」「然則弔焉若此，可乎？」

　　曰：「然。始也吾以爲其人也，而今非也 [16]。向吾入而弔焉，有老者哭之，如哭其子；少者哭之，如哭其母。彼其所以會之 [17]，必有不蘄言而言 [18]，不蘄哭而哭者。是遁天倍情，忘其所受 [19]，古者謂之遁天之刑 [20]。適來 [21]，夫子時也；適去，夫子順也。安時而處

11　噭噭然：噭，音ㄐㄧㄠˋ，哭喊貌。《春秋・公羊傳》：「昭公於是噭然而哭。」
12　自以爲不通乎命：自認爲這樣是不能通曉於天命。
13　老聃：即道家創始人。相傳姓李名耳，春秋時楚國苦縣（今河南鹿邑）人。曾爲周太史，著《老子》亦名《道德經》五千言。
14　秦失：失，音ㄧˋ，亦作「佚」。人名，生平事跡不詳。
15　號：音ㄏㄠˊ，大聲哭叫。
16　始也吾以爲其人也，而今非也：起初我認爲他是普通人，現在卻不這樣認爲了。秦失原先把老聃的死看做一般世俗狀況來反應，但弔唁者樂生悲死的情緒化表現，卻讓秦失醒悟到以老聃的豁達智慧，必然不是如此違背本性地看待生死，因而秦失僅以「三號而出」點到爲止。此舉可呼應《莊子・至樂》：「古之眞人，不知說生，不知惡死。」
17　彼其所以會之：彼，指弔唁者；其，指老聃。指弔唁者與死者之所以心靈相通。
18　不蘄言而言：蘄，音ㄑㄧˊ，期待。指非如預期、情不自禁地傾訴。
19　遁天倍情，忘其所受：遁，逃；倍，通「背」；情，眞實。所受，受於天的本性。指逃離天理、違背眞情，忘了所秉賦的天性。
20　遁天之刑：因逃離天理所受的刑罰。指面對死生，哀樂不由自主，如同受刑。
21　適來：偶然而來，即順著因緣時勢的遇合而誕生。

順，哀樂不能入也²²，古者謂是帝之縣解²³。」

指窮於為薪²⁴，火傳也，不知其盡也。

---

22 安時而處順，哀樂不能入也：安於時勢，以順應的態度來因應處理死亡，就不會受制於情緒波動，造成對心性的干擾和束縛。

23 帝之縣解：帝，本指天，表自然。縣，音ㄒㄩㄢˊ，通「懸」。指自然解除倒懸之苦。人生如倒懸，綑縛諸多牽掛痛苦，賴死亡得以解脫。

24 指窮於為薪：指，脂。塗了油脂的柴薪有燒盡之時。

延伸閱讀

1. 傅佩榮（2003），《解讀莊子》。臺北：立緒文化。

2. 傅佩榮（2012），《逍遙之樂——傅佩榮談莊子》。臺北：天下文化。

3. 王溢嘉（2012），《莊子陪你走紅塵》。臺北：有鹿文化。

4. 劉桂光（2010），〈人為什麼活著？〉，收錄於《打開生命的 16 封信》，臺北：聯經圖書。

主題延伸學習單

〈課文單元—莊子—鼓盆而歌、秦失弔老聃〉

班　級		姓　名		學　號		評分	
題目：一、面對親人的傷病苦痛乃至形銷骨毀，臨命終時多數人仍執著不捨、哀痛逾恆；如何才能豁達解脫，視生死變化爲宇宙自然的循環？寫出你的看法。 　　　二、請爲自己設計一場生前告別式，或書寫一段親人的「生平行狀」作爲生命回顧，以形塑美好記憶。							
撰寫內容	一、						
	二、						

應用文：閱讀與寫作

閱讀生活，書寫人生

——陳惠美 編撰

閱讀生活，書寫人生

陳惠美

作者

　　陳惠美，臺灣人。東海大學中文系畢業，中研所碩士、博士。現任教於僑光科技大學。近年，教學之餘，參與整理東海大學圖書館館藏線裝書，陸續編輯《東海大學圖書館館藏善本書目新編》（附書影暨索引）（陳惠美、謝鶯興合編）、《東海大學圖書館館藏李田意先生線裝書簡明目錄》（陳惠美、孫秀君、謝鶯興合編）等，著有《東海大學圖書館特藏文獻整理研究》。

本文　　　　　　　　　　　　　　　閱讀生活，書寫人生

閱讀是什麼？

　　你今天閱讀了嗎？「有啊，我剛剛才用手機看完兩篇小說。」「閱讀？文字會讓人睡著。我比較喜歡看圖、看影片啦！」

　　我們在網際網路中，快速掃讀、瀏覽無止境的訊息流，吸收迅速散播卻零碎的資訊。我們透過網路做很多事，包括閱讀文章；只是，滑動（翻動）頁面，努力獲取新知的心，似乎停不下來。讀的人既然這樣想，網路文章也就越來越輕薄短小，猶如訊息[1]。

---

[1] 此處並無輕視訊息的意思，微型訊息在網路時代有其必要，善加運用，甚至可

　　閱讀是什麼？認得字而了解其意，就能具有看懂文章敍述的閱讀能力？如果答案肯定，那就不至於有那麼多看不懂題目，看不懂文章的學生了。說到題目，請看以下題目：

　　道明寺、飛龍、恩熙和紫薇各寫一封情書，如下：

　　（1）道明寺：「杉菜，爲了成爲配得上你的男人，我一定會憤發圖強，請相信我。」（2）飛龍：「劍英，你可知道這些年來，令我心醉神迷、魂遷夢縈的人——只有妳！」（3）恩熙：「俊熙，雖然我們相愛的時光短暫如曇花一現，你在我心中永遠不可抹滅。」（4）紫薇：「爾康，『此情無記可消除，才下眉頭，卻上心頭』，此刻的我，無止境地想你……」請問哪一個人的情書用字完全正確？[2]

　　你可能想：「有完沒完？上大學還繼續考這種題目？嗯，我看看……」答案是3，你答對了嗎？你順著讀題目？或者先看最後一行，了解題目到底想問什麼？如果是後者，那麼你已把握這一類的「閱讀策略」。

　　「閱讀策略」，讓我們閱讀更有效率的一套方法。從二十世紀70年代以來，已有完整的論述與實踐成果。對掌握策略有興趣的同學，可參考文後「延伸閱讀」。此處想討論的是，爲什麼要閱讀？讀什麼？

　　如果閱讀是種學習活動，將閱讀視爲汲取資料，獲得知識的途徑。那麼，問題又回到文章開頭所揭示，資料多到讀不完，許

以產生強大影響力。克利斯多福・強森（Christopher Johnson）著、吳碩禹譯，《微寫作——短小訊息的強大影響力，文案、履歷、簡報、網路社交都好用的語言策略》（臺北：漫遊者文化，2012）統合語言學、品牌行銷及網路理論等，介紹「微寫作」的語言藝術。

[2]　93年學力測驗國文科考題。

多整理好的東西已在雲端。如果閱讀是為了豐富並深刻個人生活而發呢？如卡爾（Nicholas Carr）所說：

> 閱讀一系列印刷的頁面之所以有價值，不僅因為讀者可從中學到作者透過文字傳遞的知識，還有因為這些文字在讀者腦內激起了智慧的漣漪。長時間不受擾的閱讀開啟了靜謐的空間，讓讀者可以自行建立關聯、找出自己的推論和比喻，和醞釀自己的想法。他們閱讀有多深刻，想的就一樣深刻。[3]

喜歡閱讀、有閱讀習慣的人，大抵同意上述的話。「文字在讀者腦內激起了智慧的漣漪」、「自行建立關聯」，以中國的老話來看，「觸類旁通」差可比擬；只是，腦中沒有「類」，如何旁通？這個是任何人沒辦法硬塞給你的，得要你自己去建立；而這個就是本文想提醒同學的重點──閱讀如果可以豐富，並深刻個人生活，總得先從自己的生活開始吧！

初來乍到，僑光西校門的那兩排椰子樹應該有印象？「一進校門，就可看到很高的椰子樹」如果換成「一進校門，兩排高聳的椰子樹，我想大概得爬到四樓才看到樹梢吧！」兩者有何差別？

與其說前面的寫法比較籠統，不如說你想如何將閱讀到的景象，清楚地傳達給讀者。那麼，前提是你閱讀了什麼？如果你已習慣視而不見，聽而不聞，漠不關心。「有樹」，已是你關注外在事物的極限，那寫「很高的樹」的粗略印象，或許也是你僅能傳遞的訊息。

---

[3]　卡爾（Nicholas Carr）著、王年愷譯，《網路讓我們變笨》，頁78。

　　以下將重點放在如何閱讀各種生活情境，而後動手寫作，希望能讓閱讀除了是涵養，也是連接人我的起點。

仔細觀察，「閱讀」生活

　　請好好地運用感官知覺，仔細觀察你身邊發生細微的事。

　　你剛醒，翻個身，想再賴一會兒；卻聽見媽媽說「歸暝 play 蝦咪 game，還不起來」；「啪」，日光燈好刺眼；被子被掀開，一股冷風，鑽了進來。

　　一大早，你就被動地使用好幾種感官知覺。這不也是種閱讀？

　　刷牙，聽聽牙刷碰觸牙齒的細微聲音，請寫下來；牙膏的味道是清涼薄荷？刷著刷著，牙齦出血，又變得如何？也請記下來。

　　到學校，擠進電梯，手臂碰到左手邊女生的皮包，皮革的觸感及溫度；身旁的男生散發著古龍水的香，呼吸中夾雜著大蒜味，讓你不自覺皺了眉頭。這些，感官知覺及隨之而起的動作、情緒反應，都請你試著寫下來。

　　習慣於觀察並紀錄之後，當你閱讀某篇文章提到以芥末形容妙齡女子，或許聯想那種嗆辣穿鼻，直衝腦門的感覺，進而可以型塑她的模樣。閱讀郝譽翔的〈餓〉寫著：

> 「我最怕煤油的味道，還有車廂裡那股便當味和尿臊味。」但話還沒有說完，我就發現自己已經站在月台上，身邊突然湧出一大批軍人、難民，還有十多歲的學生，他們擠在月台的邊緣，有個五歲的孩子貼著我的大

腿，手裡拿個發黑的饅頭一邊啃著，口水滴滴答答的流下來。[4]

你彷彿置身其中，場合裡沒有描寫到的聲音、觸感、氣味，也都隨之而到。當你能由文字讀出影像、味道、聲音等等，在你試著透過文字敘述你（或你寫的人物）所看到、聽見、摸著、嚐出什麼時，讀的人也才能跟著你體驗一切。

誰來說觀察與體驗

有時候，明明是自己的經驗，但在敘述時卻以「我的朋友（他）」說故事。網路論壇不就充滿這類發言嗎？明明說，是朋友發生的事，對於所有的過程和一切參與者的想法卻無所不知，這樣的觀點就是第三人稱的全知觀點。換成「他」，可避掉一些主觀的說法與尷尬，而可專注於說故事。只是，以「我」來說故事，不也挺好嗎？

鄭清文的〈三腳馬〉寫曾吉祥由於鼻樑有一道白斑，從小被稱作「白鼻狸」，屢遭欺負，長大後認同日本人，做線民，當警察，自以為高高在上。日人戰敗後，滿心愧疚，躲在山裡，刻三隻腳木馬，表示懺悔與贖罪。

既然主角存心躲，那帶著大家看故事經過的，就由喜歡蒐集馬而又是舊鎮子弟的「我」這個角色來引領。在這篇文章，觀點（也就是說故事的角度）是第一人稱。文中的「我」聽著主角曾吉祥述說過往及懺悔，讀者彷彿也身歷其境，感染到那份真誠。

當然，不一樣的人稱敘述故事，故事就會變成不同的樣貌。

4　郝譽翔，〈餓〉。轉錄自蔡振念編著，《台灣現代短篇小說精讀》（下）（臺北：五南文化事業，2003）。

譬如一件汽車與機車的擦撞車禍，引起鬥毆糾紛，機車騎士說的是「我被撞，還挨揍」的版本，而開車的直說是「他亂鑽，還打人」的版本。換你來寫，你會寫成甚麼樣的故事呢？

讓人物對話動起來

前述的車禍，「公說公有理，婆說婆有理」，其中的一種方式大概是把兩個人的對話如實紀錄吧！因為，任何另一人的敘事方式，都可能產生「是其所是，非其所非」的障蔽。

敘述的方式的確能讓我們擁有較大的彈性掌握文字，呈現所思所見。不過，你可能曾經有這樣的經驗，同樣的主題，由主持人發表論述或透過人物的對談，後者似乎比較有趣，容易聽進去。聽的如此，閱讀時，長篇大論也讓人不耐煩，想要跳過、翻頁。因此，適時地用對話，也是種表達的好方式。

以下是一段僑光師生互動的描寫，陳大咖同學跟趙小喵老師解釋為什麼沒交作業，兩個人的對話如下：

陳大咖：「老師，我真的寫作業了啦！」

趙小喵：「那……作業呢？」

陳大咖：「早上我到教室後，想拿給同學，可是竟然一陣風把它吹走。我追出去，發現門房伯伯的大黑狗正在吃我的作業……我不敢靠過去。」

趙小喵：「這樣啊，那你回去，叫唐仲虎來找我！」

陳大咖走出研究室時，小喵老師又說：「你順便跟仲虎說，那隻大黑已經吃了十份作業，很飽囉！」

就表達而言，內容已經算完整，只是這兩人的對話似乎少了什麼？想想你和別人說話時都是什麼樣子？摸鼻子、搓手、看著

遠方、撥弄頭髮……，當你說話時，對方做這些動作，你的想法又是什麼？那如果把上述的對話改成：

陳大咖搓搓手，低著頭吶吶地說：「老師，我真的寫作業了啦！」他偷瞄了一下小喵老師。

小喵老師手抱著胸，冷冷地說：「那……作業呢？」

陳大咖繼續解釋，聲音較剛剛大了些：「早上我到教室後，想拿給同學，可是……竟然一陣風把它吹走。」他又瞄了一下老師。

「我追出去，發現門房伯伯的大黑狗正在吃我的作業……我不敢靠過去。」陳大咖說到最後，聲音有點顫抖。

小喵老師把手邊的名單拿了過來，語氣平緩：「這樣啊，那你回去，叫唐仲虎來找我！」

陳大咖鬆了口氣，轉身走出，嘴角微揚，身後卻傳來小喵老師悠悠的聲音：「你順便跟仲虎說，那隻大黑已經吃了十份作業，很飽囉！」

我想從描述的動作，你大概能體會陳大咖的心理轉折，聽完小喵老師最後所講的話之後，是甚麼樣的心情吧！

運用你學過的修辭學知識

在臺灣，中小學的語文教育裡，必定會教到「修辭」的單元，前兩年還曾一度引起輿論討論修辭教學的存廢。只是，拋開那些刻意用來考試的題目，生活中、文章裡，有些修辭法常出現，對於溝通、寫作，往往也是具有正面的效應。為什麼不試著運用？以下舉幾個例子說明。

（http://program.ftv.com.tw/Variety/LikeScience/）

「科學補給讚」，民視無線台製播，精選國科會歷年補助製作、適合兒少學生觀賞的電視科學節目。節目名稱運用「站」與「讚」的諧聲雙關，加上臉書豎起大拇指的圖片，以對象（兒少）所熟悉的事物置入，容易記得。

想像一個歌手雲集的公開場合，一位知名的廣播名嘴，被拱上台唱歌，她不想唱，婉拒了，卻獲得全場掌聲——她說：「我說的比唱的好聽，今天還是請唱的好聽的人為大家表演吧！」既讓自己脫身，也將現場運作轉回原先的主軸。

◆鑲嵌

如果在語句中，故意插入虛字、數目字、特定字、同義或異義字，來拉長文句，使語義更鮮明，語趣更豐富的修辭方法，就叫「鑲嵌」。

2013 年三月，yahoo 奇摩利用鑲嵌法，替中華隊加油：「經典賽複賽中華隊首戰對上日本，就算許多臺灣球迷不能飛出國，也要透過網路幫中華隊加油，有入口網站在首頁設計好幾句『藏頭詩』，把『中華必勝，搶進四強』、『打日本去美國』，這些加油句子放在廣告中每一列的第一個字。」（tvbs 2013.03.08 報導〈經典賽／藏頭詩「中華必勝」網路集氣「去美國」〉）

藏頭，這就是屬於鑲嵌的一種。yahoo奇摩的作法，引起網友爭相告知，既讓自家首頁點閱率衝高，也鼓舞了球迷。

以下網路流傳的小故事，你覺得如何呢？

有一位大學生暗戀班上一位女同學，但是不敢開口對她說出愛慕之意，深怕被拒絕，但他還是鼓起勇氣寫了一個紙條，上面寫著：

請選擇以下其中一樣在其中打勾：愛情（　）；友情（　）

結果……過了幾天，她在紙上寫了一首詩，卻沒有做選擇：「願君多諒知識淺，選題未答繳白卷，愛莫能助實有愧，情願送詩供君覽。」他看過後，各種滋味湧上心頭，他氣得直說：「不要就不要，還送我這首詩。」卻也自認為自己也有錯，當面說明白不就好了，還寫問題給她選！後來，他想了又想會不會有暗示，於是反反覆覆的把詩看了幾遍……恍然大悟，馬上直奔女生住的宿舍。

你看懂了嗎？把詩排列如下，女同學的心意不就很清楚了：

願君多諒知識淺，
選題未答繳白卷，
愛莫能助實有愧，
情願送詩供君覽。

閱讀的文章裡，運用了這些，讓人莞爾一笑；你的寫作，不妨也試試！

持續觀察，繼續書寫

　　我們常聽到「太陽底下沒有新鮮事」，是嗎？今日豔陽，遮陽「步數」會千奇百怪；明天下雨，傘下的世界也各有變化。更何況你年不滿二十，太多新鮮事正等著你。持續觀察，繼續書寫，閱讀有多深刻，書寫的才能跟著深刻。

寫作練習

1. 下面兩張照片是僑園裡的黑冠麻鷺和牠們的巢：

　　請你仔細觀察兩隻鳥的動作，試著寫一篇故事或描述文字。

2. 在僑光，你覺得哪個角落最有 fu？適合辦什麼樣的活動？
　　請你詳細描述，並替活動想個名字。

3. 一件在環中路發生的擦撞車禍，引起鬥毆糾紛。請你試著從兩方的角度，各寫一段事情的原委與經過。

4. 老 K 今天晚上有個約會，想跟小 J 借襯衫；小 J 不太想借他。請以此
　　為題材，寫一段對話。

5. 運用學過的修辭法，寫一首詩。例如，隱題詩。

延伸閱讀

1. 蓋兒‧卡森‧樂文著、麥倩宜譯（2008），《故事可以這樣寫》。臺北：
　　天衛文化。

2. 克利斯多福‧強森（Christopher Johnson）著、吳碩禹譯（2012），
　　《微寫作——短小訊息的強大影響力，文案、履歷、簡報、網路社交
　　都好用的語言策略》。臺北：漫遊者文化。

3. 卡爾（Nicholas Carr）著、王年愷譯（2012），《網路讓我們變笨》。
　　臺北：貓頭鷹出版社。

4. 莫提默‧艾德勒（Mortimer J. Adler）、查理‧范多倫（Charles Van
　　Doren）著、郝明義、朱衣譯（2003），《如何閱讀一本書（修訂新
　　版）》。臺北：臺灣商務印書館。

主題延伸學習單1

〈課文單元—閱讀與寫作〉

班　級		姓　名		學　號		評分	

題目：如果用一種飲料形容僑光，你會選擇什麼？請詳細說明飲料特色與選擇的原因。

一種飲料形容僑光	
飲料特色與選擇原因	

主題延伸學習單2

〈課文單元—閱讀與寫作〉

班 級		姓 名		學 號		評分	

題目：請試著幫一道菜（點心、湯品）取個新名字，譬如「南瓜派」叫做「灰姑娘的馬車」。請寫出名稱，並說明原由。

新舊名字	
原由	

主題延伸學習單3

〈課文單元──閱讀與寫作〉

班 級		姓 名		學 號		評分	

題目：如果十二點鐘響，灰姑娘還在盡情跳舞，完全忘了仙女的交待，故事的發展應該會有轉變。請你也從某個故事選擇一個片段更改，讓它的發展不一樣。

故事名稱與片段	
更改後的大概發展	

主題延伸學習單4

〈課文單元—閱讀與寫作〉

班　級		姓　名		學　號		評分	

題目：觀察並描寫你的家人吃東西的習慣。（可以包括動作、聲音……）

描寫的家人	
吃東西的習慣	（至少要200字）

主題延伸學習單5

〈課文單元─閱讀與寫作〉

班　級		姓　名		學　號		評分	

題目：兩隻白頭翁在枝頭對話，說著所看到的僑光人、事、物。請你發揮創意，「想像」牠們的對話內容。

看到的人事物	
對話內容	（只寫吱吱喳喳等狀聲詞，不予給分）

主題延伸學習單6

〈課文單元—閱讀與寫作〉

班　級		姓　名		學　號		評分	

題目：一隻動物從臺北木柵動物園溜出來，陰錯陽差被運到臺中。請你設定是哪一種動物？途中遇到的人、事、物？並簡要寫出經過與結局。

主題設定	**哪一種動物？（可以取個名字）** **遇到的人、事、物**
故事大綱